転異世界のアウトサイダー

OUTSIDER IN ANOTHER WORLD

神達が仲間なので、最強です

著 びーぜろ
絵 YuzuKi

ロキ
悠斗が召喚できる神様。
子供っぽい性格で、気分屋。
一人称はボクだが、女子。
カマエル
悠斗が召喚できる大天使。
主の悠斗に対しては過保護。
執事のような振る舞いを
したがる。
佐藤悠斗《さとうゆうと》
カツアゲされていたところ、
異世界召喚された高校生。
召喚主である王国に無能だと
捨てられるが、
『影魔法』と『召喚』を駆使して、
異世界を旅することに。

主な登場人物
アラブ・マスカット
各国で事業を展開する『私のグループ』の会頭。
鈴木愛堕夢《すずきあだむ》
多威餓の不良仲間でお調子者。ユニークスキル『光魔法』を所持している。
田中多威餓《たなかたいが》
悠斗とともに異世界転移した不良の一人。ユニークスキル『雷魔法』を使用する。

1　カツアゲは突然に、不良とともに異世界へ！

俺の名前は佐藤悠斗《さとうゆうと》。

義務教育を終え、大人の階段を上り始めたばかりの高校一年生だ。

そんな俺だが、今現在、生まれてから十五年の歴史の中で史上最大のピンチを迎えていた。

「なあ、お兄さん達、財布を落としちゃってさ。君の財布貸してくれない？」

「痛い目に遭いたくないだろ？　ほら、財布を出せって」

メガネをかけた不良と金髪ロン毛の不良が詰め寄ってくる。

そう……今俺は、『カツアゲ』に遭《あ》っていた。

いわゆる脅《おど》して金銭を奪《うば》おうとするアレだ。

断じて、豚肉や牛肉にパン粉をつけて油で揚《あ》げた『カツ揚げ』などではない。

事の始まりは、学校帰りに公園のトイレに寄り道したところ、見るからに悪そうな不良二人組に声をかけられたことだ。背が低く華奢《きゃしゃ》な体格が災いしたか、あっさりとロックオンされ、気付いた時には、金銭を要求されていた。

「えっ、でもお金持ってなくて……」

「はぁ？　そんな訳ねーだろ」

「じゃあ、俺達の目の前で跳んでみろよ」

「えっ、ええ……」

勇気を振り絞って口にした言葉も通用することはなく、お決まりのように「じゃあ跳んでみろ」と言われ、泣く泣くジャンプする羽目になる。

当然だが、お金を持っていないというのは嘘《うそ》で、制服の内ポケットには財布が入っている。そもそも、弁当や飲み物などを自分で調達しなければならない高校生にとって、財布は必需品《ひつじゅひん》だ。持ち歩かない方がおかしいかもしれない。

なんなら、財布の中身の総額より残高が多い電子マネーも持っている。

もし、不良二人組に「電子マネー残高を俺達のスマホに送れ」と言われたらどうしよう。そっちの方がよっぽど恐ろしい……。

ちなみに、財布の中には小銭がたくさん入っている。

十円チョコを一個買うのに、千円札を出したせいだ。

店員さんに五百円玉のおつりがないと言われた時、「わかりました」と了承したのも、今思えば失敗だった。

よりにもよって、俺の制服が、今後の成長を見込んで大きめに作られているのもよくない。ぶかぶかすぎて、今ジャンプしたら、財布ごと外に飛び出しそうな勢いだ。

そうでなくても、大量の小銭が音を立て、財布を持っているのがバレるだろう。

「おい。早くしろよ」

「そうそう、簡単なことだろ?」

「わ、わかりました!」

祈る思いで、その場にてジャンプすると、案の定、制服の内ポケットから小銭の音が鳴り響く。

「おいおい。財布持ってるじゃねーか」

不良の一人が胸ぐらを掴むと、制服の内ポケットから財布を奪い取る。

「あーあ、俺達に嘘ついちゃって、そんなに痛い目に遭いたかったのかな?」

そして、もう一人の不良がポキリと拳を鳴らした。

まずい。この状況では、ひどい目に遭うのは避《さ》けられない。

そんなわけで、俺は人生始まって以来の窮地《きゅうち》に立たされているのであった。

正直言って誰でもいい、今すぐに誰か助けてくれ……!

不良の拳《こぶし》が眼前に迫ると同時に、そんな心の声が天に通じたのか、突然地面が眩《まばゆ》く光り出した。

そして、幾何学《きかがく》模様の描かれた魔法陣らしきものが足下に現れる。

「なっ! なんだ!?」

「なんだよこれ!?」

そう驚く不良二人組。

「まさか……もしかして⁉」

ファンタジー系のライトノベルを頻繁《ひんぱん》に読んでいた俺の頭に、一つの推測が浮かび上がる。

もしかしてこれ、異世界転移ってやつ⁉

地面に浮かび上がった魔法陣の放つ光がどんどん強くなり、俺の視界は真っ白に塗《ぬ》り潰《つぶ》されていく。あまりの眩《まぶ》しさに目を開けることもできない。

次に目を開けた時、俺は見知らぬ建物の中に立っていた。


「おおっ、成功だっ！」

「や、やりましたな陛下……よもや三人も召喚できるとは」

「しかしどういうことだ？【異世界人召喚の儀《ぎ》】で呼び出せるのは二人だけのはず。なぜ三人も召喚することが……」

歓喜と困惑の入り混じる声を耳にした俺は、ゆっくりと周囲を見回した。

するとそこは、先程までカツアゲをされていた公園ではなく、窓から明るい日差しが射《さ》す荘厳《そうごん》な大広間だった。

唐突な出来事に俺が呆然《ぼうぜん》としていると、後ろから騒がしいやり取りが聞こえてきた。

「おい！　暴れるな！」

「離しやがれっ！　どこだよここは！」

「ふざけんじゃねぇ！　離せよっ、離せっ！」

声のする方に視線を向けると、兵士と思わしき人達に組み伏せられている不良二人組がいた。

どうやら俺が目を開ける前に、不良二人組はパニックを起こし、暴れ出したらしい。

おおかた、近くにいた兵士に掴《つか》み掛《か》かったとか、そういったところだろうか。

もしそうだとしたら、武装している屈強な兵士を相手に歯向かおうとする二人の行動は頭が悪いとしか言えないのだが……。

あえて元の世界基準で例えるなら、完全武装の自衛隊員に喧嘩《けんか》を売るようなものだ。俺だったら絶対にそんなことはしない。

それはともかく、一体ここはどこなんだ？

不良達にはお金を取られずに済んだみたいだけど、助かったと言える状況ではないような気がする。

むしろ知らない場所に飛ばされたという点ではピンチかもしれない。

そんな風に考えていると、煌《きら》びやかなローブを身に纏《まと》い笑みを浮かべる、六十代くらいの好々爺《こうこうや》が俺達に話しかけてきた。

「転移者の皆様、ようこそマデイラ王国へ。私は、この国の宰相《さいしょう》ベーリング・ミッドウェイと申します。さて、今あなた方はさぞかし混乱されていることと思います。ですので、まずは私が陛下《へいか》に代わり、現状について説明させていただきたく存じます。早速ではありますが、あなた方がやってきたこのマデイラ王国は現在、存亡の危機に立たされておりまして……」

そんな前置きから始まったベーリング宰相の話は、ファンタジー作品でよく聞く、胡散臭《うさんくさ》いものだった。

彼が言うには、ここは人族、亜人族、魔人族といった種族が存在する、ウェークと呼ばれる世界。

マデイラは、ウェークの南側に位置する王国なのだが、とある一つの迷宮を巡り、隣国のアゾレス王国と何度か衝突《しょうとつ》しているらしい。

迷宮とは、この世界にいくつも存在する建造物や洞窟《どうくつ》のことで、モンスターなどが現れる危険な場所だ。しかし同時に、迷宮でしか手に入らないものがあったり、人が集まり経済的に発展したり、国に利益をもたらす存在でもある。

マデイラとアゾレスは互いに、自国の繁栄《はんえい》のため、そんな迷宮を欲しているとのことだった。

しかし既に、度重なる戦争によりこの国の民は疲弊《ひへい》しきっており、戦況は厳しい。

現在は停戦状態にあるため、アゾレス王国がすぐに攻め込んでくるということはないが、また戦争が始まればマデイラ王国は滅亡するかもしれない。

そんな危機を脱するために、マデイラ王国は一か八か、異世界から人を召喚することを決めたようである。

マデイラ王国の祖《そ》が開発した【異世界人召喚の儀】により召喚された転移者には、神様より異世界転移の特典として、この世界にない強力なユニークスキルが授けられると言われている。

しかもそれだけでなく、転移者はスキルレベルや基礎能力も、現地の人間より上がりやすい傾向にあるようだ。

つまり、転移させられたのは隣国との戦いに備え、強力な人材を確保するためだった。

「こちらの都合で召喚した上、身勝手なお願いではありますが、そのユニークスキルを駆使《くし》し、マデイラ王国を助けていただけないでしょうか。元の世界に戻すことはできませんが、この国を救ってくれた暁《あかつき》には、相応の地位と報酬《ほうしゅう》を約束いたします」

宰相はそう言って、説明を終えた。

ユニークスキルには興味があるけど、元の世界に帰れないのはかなり辛い。

俺と同じことを考えたのか、宰相が一通り話し終えた途端、不良二人組が声を荒らげた。

「おい！　元の世界に戻れないってどういうことだよっ！」

「日本に帰せよっ！　日本に帰してくれよっ！」

兵士に組み伏せられながらも喚《わめ》く不良二人組。

異世界であってもここまで元気な二人に、思わず感心してしまった。

そんな風に俺が現実逃避《げんじつとうひ》していると、二人の様子を見て何を思ったのか、ベーリング宰相が更なる追い打ちをかけてきた。

「元の世界に帰してさしあげることができない点については、大変申し訳なく思っています。しかし困りました……あなた方が協力的にマデイラ王国のため戦わないとなると、私どもといたしましては放逐《ほうちく》するしかありません。とはいえ、その結果、強い力を持つ転移者が盗賊にでもなったら厄介《やっかい》ですし、いっそのこと『隷属《れいぞく》の首輪』でもつけて強制的に働かせることにいたしましょうか？　しかしその場合、せっかくのユニークスキルに制限がかかってしまうというデメリットがございます。こちらとしては、マデイラ王国のため、協力してくださると嬉しいのですが……いかがでしょう？」

さっきまで下手《したて》に出ながら「この国を救ってくれ」と言っていたのに、俺達がちょっと渋っていただけでこの変わりようである。

この豹変《ひょうへん》っぷりには、俺はもちろん不良二人組も驚いて目を見開く。

俺達が唖然《あぜん》とした表情を浮かべていたら、宰相よりやや年上に見える偉そうな爺《じい》さんが口を開いた。

腰掛けているのは、快適な座り心地とは全く無縁そうに見える玉座らしき椅子である。

「まあ待て、ベーリング宰相――転移者諸君、ワシはこの国の王、セントヘレナ・マデイラ二十世である」

椅子の見た目からしてもしかしてとは思ったが、本当に王様だったとは。

名乗り終えた王様は、兵士に向かって命じる。

「兵士よ、そこの二人を放してやれ。組み伏せられた状態ではまともに話もできん」

王が命令したことで、ようやく不良二人組が兵士の拘束《こうそく》から解放された。

不良二人組は悪態《あくたい》をつきながら立ち上がり、今度は「替えの服を持ってこい！」と叫び出す。

どうやら組み伏せられた床が石畳《いしだたみ》だったせいで、暴れた拍子に所々服が破けてしまったようだ。

まあ、二人の服のことはどうでもいい。

俺が視線を不良二人組から王様達に戻すと、ベーリング宰相は王様の後ろへと下がっていた。

そして、再び王様が話し始める。

「さて、先に宰相より話があった通り、この国は今滅亡の危機に瀕《ひん》している。ワシとしても転移者諸君に『隷属の首輪』をつけて戦争に向かわせることは本意ではない。できれば協力的に、この難《なん》局《きょく》を乗り切る手助けをしてほしい。なに、いきなり隣国との戦争に向かわせるようなことはせぬよ。まずは、そなたらの力を、ステータスを確認してみようではないか」

王様はそう言って、ニヤリと笑う。

「まずは、ステータスオープンと唱《とな》えてみよ」

言われるがまま、俺達は「ステータスオープン」と呟《つぶや》く。

するとと視界に、まるでゲームのステータス画面のようなものが表示された。

【名前】佐藤悠斗
【レベル】1　　【年齢】15歳
【性別】男　　【種族】人族

【ステータス】　STR：5　DEX：50　ATK：5
AGI：5　VIT：5　RES：5
DEF：5　LUK：100（MAX）　MAG：100
INT：100　???：120
【ユニークスキル】　言語理解　影操作《かげそうさ》Lv5
【スキル】　鑑定《かんてい》

どうやらこれが俺のステータスのようだ。

まるでゲームのようだなと感じながら内容を確認していく。

元いた世界で遊んでいたゲームになぞらえるなら、このSTRが力で、DEXが器用さ、といった感じだろうか。

他のステータスも、ATKは攻撃、AGIは素早さ、VITは体力的なものだと思う。抵抗や防御を示すと思われるRESやDEFまで見ても、能力値がことごとく5ばかりだ。

この世界の標準はわからないが、低すぎる気がする……。

魔力量や知力を表すであろうMAGやINTが少し高いのがせめてもの救いだろうか。

——ってなんだこれ、LUK……幸運のところがカンストしている⁉

幸運度がかなり高いということか？

もしかして、この値のおかげで、不良二人組からギリギリ殴られずに済んだのだろうか。

いやいや、むしろ不良二人組と一緒に異世界に転移してる時点で、ラッキーどころかアンラッキーじゃないか？

宰相からは脅されるし、王様からは遠回しに戦争に行けって言われているし……。

とても幸運だとは言えないから、ＬＵＫの高さはあてにならないと思った方がいいだろう。

スキルの方にも目を向けると、ユニークスキルの項目に『言語理解』の文字を見つけた。

こんな異世界に転移させられても、言葉が通じるのはこのスキルのおかげかな？

その近くにある『影操作』は多分、その名の通り影を操るスキルだろう。

んっ？　スキル欄に『鑑定』がある。転生ものにありがちなスキルだけど、この世界ではどうやって使うんだろうか？

俺はとりあえず、不良二人組に視線を向けると小さな声で「『鑑定』」と呟いた。

するとと視界に、不良二人組のステータスが表示される。

【名前】鈴木愛堕夢《すずきあだむ》
【レベル】１　【年齢】19歳
【性別】男　【種族】人族
【ステータス】　ＳＴＲ：９０　ＤＥＸ：４０　ＡＴＫ：９０

AGI：40　VIT：90　RES：40
DEF：60　LUK：10　MAG：30
INT：10
【ユニークスキル】言語理解　光魔法
【スキル】棒術Lv10（MAX）

【名前】田中多威餓《たなかたいが》
【レベル】1　【年齢】19歳
【性別】男　【種族】人族
【ステータス】STR：90　DEX：40　ATK：90
AGI：40　VIT：90　RES：40
DEF：60　LUK：10　MAG：20
INT：20
【ユニークスキル】言語理解　雷魔法
【スキル】棒術Lv10（MAX）

最初に目に入ったのは、不良二人組の名前！

愛堕夢に多威餓って！

いわゆるキラキラネームだし、この読み方にするために一文字ずつ検索して格好良さそうな漢字を選んだかのようだ。

そのままスキル欄を見れば、愛堕夢と多威餓の二人とも、『棒術』がカンストしていた。

不良らしく鉄パイプのようなものを振り回し続けた結果なんだろうかという、恐ろしい推測が頭を過《よぎ》る。

そんな感じでステータス欄をしばらく見ていると、ベーリング宰相の説明が始まった。

「転移者の皆様、ステータスは無事確認できましたか？　まず初めに、レベルについて説明したいと思います。おそらく皆様のレベルは現在、1となっているのではないでしょうか？　このレベルは、モンスターの討伐やスキルを使用することにより上昇し、最大で100まで上げることができると言われております。皆様には、まずこのレベルを上げていただこうと思います」

聞いたところによれば、人族・亜人族・魔人族ともにレベルは100までのようだ。

この国にいるのはレベル70までの人ばかりらしいが、他国では100に到達した人が数名確認されているとか……。

またスキルレベルは10が最大で、『鑑定』など一部の特殊なスキルにはレベルそのものがない場合もある。

さらに、この世界はレベルが上がらなくても、鍛えればステータスを上げることができるらしい。

とはいえ、レベルアップ時程は上がらないそうだが。

なお、この世界ウェークに住む一般的な住民のステータスについてだが、同年代だと大抵の能力値は20前後で、『生活魔法』を習得しているとのこと。

ちなみに、ウェークの住人は『生活魔法』を習得していることが多いらしい。

『生活魔法』とは、『着火』、『飲水』、『洗浄』といった、薪《たきぎ》に火を灯したり、少しの飲み水を出したり、汚れを落としたりできる便利な魔法である。

教会に喜捨《きしゃ》をすれば簡単に授けてもらうことができるようだ。

そこまで説明して、宰相は最後にこう言い放った。

「転移者の皆様とはいえ、とりあえずレベル20まで上げないことには、戦争で使い物になりません。そのため、あなた方には、マデイラ王国で管理している『マデイラ大迷宮』においてレベル上げをしていただきます」

2　影使いから無能へのジョブチェンジ！

簡単な説明が一通り終わり、いよいよステータスの確認に移ることになった。

「まずは、皆様に与えられたユニークスキルとステータスを確認しましょう。こちらのステータスプレートに触れてください。このアイテムに触れることで、皆様のステータスに表示されていた内容が我々にもわかるように転写されます」

そんな宰相の言葉に俺は焦《あせ》りを覚える。

愛堕夢や多威餓のステータスはともかく、俺のはどう見ても、この世界に住む一般的な住民のものよりも低いからだ。

転移者には神様から異世界転移特典がもらえるんじゃなかったのだろうか？　いや、『影操作』とかいうユニークスキルはもらったし、ＬＵＫやＩＮＴ、ＭＡＧあたりの数値はたしかに高いのだけれども……。

そんなことを考えているうちに、いつの間にか愛堕夢と多威餓が前に出てステータスプレートに触れていた。

表示されたのは、先程俺が『鑑定』で見た、あのステータス。

それを見て、宰相は目を輝かせた。

「流石は転移者様ですね。愛堕夢様も多威餓様も、ウェークの平均値を大きく上回るステータス。それぞれがお持ちのユニークスキル『光魔法』や『雷魔法』もかなり強力なはずです！　さらには、『棒術』のレベルも上限のレベル10とは、頼もしい限りです」

宰相の称賛に、ニヤニヤしながらふんぞり返る二人組。床に組み伏せられて呻《うめ》いていたのが嘘のようなテンションの高さだった。

ＩＮＴの数値に差はあっても、頭の出来は変わらないらしい。愛堕夢も多威餓もそろって同じ反応をしていた。

それはともかく、ついに俺の番である。

「それでは、最後の転移者様、ステータスプレートに触れてください」

うわぁ～。こんなステータスで触りたくね～！

そんなことを思いながら、俺は嫌々、ステータスプレートに触れる。

【名前】佐藤悠斗
【レベル】1　【年齢】15歳
【性別】男　【種族】人族
【ステータス】　STR：5　DEX：50　ATK：5
AGI：5　VIT：5　RES：5
DEF：5　LUK：100（MAX）　MAG：100
INT：100
【ユニークスキル】言語理解　影操作Lv5
【スキル】鑑定

あれ？【？？？：１２０】となっていた部分が、ステータスプレートに表示されていない？

ステータスプレートを見ていると、ベーリング宰相は少しだけガッカリしたかのような声色《こわいろ》で話しかけてくる。

「悠斗様はステータス値がかなり低いようですね……しかし、ＬＵＫやＭＡＧ、ＩＮＴが高い傾向にあるようです。そうであれば問題ありません。それらの数値が高いということは、スキルやユニークスキルを高威力で行使できる可能性がございますので。悠斗様、申し訳ございませんが、ユニークスキルの『影操作』を発動していただいてもよろしいでしょうか？」

「わかりました」

『鑑定』は対象を見て呟くだけで使えたし、『影操作』も同じようにすれば発動するのだろうか。

俺は早速、「『影操作』」と呟いてみたが……何も起こる様子がない。

ベーリング宰相が目を丸くしてこちらを見ていた。

俺は『影操作』が発動しない状況に顔を赤らめつつも、再び手を前に出し『影操作』を連呼した。

「『影操作』『影操作』！　『影操作』！」

しかし、何回唱えても何も起こらない。

ベーリング宰相は思案気《しあんげ》な顔になっている。

「おかしいですね。魔力の波長を感じるので、たしかに『影操作』は発動しているはず……悠斗様、今度は、自分の影を動かすイメージで『影操作』を行使していただいてもよろしいでしょうか？」

なるほど、影を動かすイメージか。その発想はなかった。

宰相に言われたことを意識して、『影操作』を試す。

すると、今まで動く様子のなかった自分の影から脈を打つ感じが伝わってきた。ほんの少しではあるが、影を動かすことに成功したようだ。

「ふむ……イメージ次第で自分の影を動かせる能力のようですね。例えば、影の形を変えたり、切り離したりすることは可能でしょうか」

確信はないが、明確なイメージを持てばできそうな気がする。

「ちょっと待ってください。やってみます」

俺は影の形が人型から丸いボールになることをイメージして『影操作』を行使してみる。

影は丸まり始め、ボールの形へと変化した。どうやらうまくいったようだ。

次に、影を切り離すイメージで『影操作』を行使したが、こちらはうまくいかなかった。

切り離すというよりは、自分の足から伸びている影の根本が極限まで細くなっているだけで、細い有線で動く影みたいな状態が限界なようだ。

何はともあれ、これで自分の影を操れるということはわかった。

たしかな手応えを感じていると、ベーリング宰相が話しかけてくる。

「自分以外の影も動かすことができるのでしょうか？」

他人や物の影を動かすという意味だろうか？

多分できると思うけど……。

「えっと、それじゃあ、どなたか協力をしていただいてもよろしいでしょうか？」

俺がそう声をかけても、誰も協力してくれる気配がない。

まあ、その気持ちはよく理解できる。流石に、影を勝手に動かされるのはなんだか気持ち悪いだろう。

すると、薄笑《うすわら》いを浮かべた愛堕夢が声を上げた。

「じゃあ、俺の影を動かしてみてくれよ！」

愛堕夢は俺の前に立つと、バカにしたような視線を向けてくる。

正直、俺からカツアゲしようとした人に協力してほしくなかったけど、他にいないので仕方がない。

俺は愛想笑《あいそわら》いを浮かべて愛堕夢に話しかけた。

「それじゃあ、よろしくお願いします。今から愛堕夢さんの足を拘束するイメージで『影操作』を行いたいと思います。それでは、『影操作』」

そう唱えた途端、俺のイメージ通り、影が愛堕夢の足を包み込んでいく。

しかし、それだけのようだ。

足が影に覆《おお》われているにもかかわらず、「うっわ！　気持ちわりぃ」と言いながら愛堕夢は普通に歩いていた。

どうやら『影操作』で相手を拘束することはできないらしい。

こうなってくると、どこまでできるのか気になってくる。

「愛堕夢さん、ありがとうございました。次に大広間にある物の影を動かしてみたいと思います」

俺は愛堕夢にお礼を言うと、今度は大広間にある物の影に向けて『影操作』を行使した。

イメージは、大広間にあるすべての物の影を動かす感じだ。

そのイメージが通じたように、大広間にあるすべての物の影がうねり始めた。

愛堕夢の影を動かすことができたから大丈夫だとは思っていたけど、物の影も問題ないようだ。

よし、今度は大広間にある物の影を縮小するイメージで『影操作』をしてみよう。

すると意外なことが起こった。

ほんの少しではあるが、あたりが明るくなったのである。

一瞬自分でも何が起きたかわからなかった。

考えられることとしては、影が小さくなった影響で、室内がちょっと明るくなったってことなのかもしれないが、元いた世界ではありえない仕組みだ。

まあ異世界だし、日本の科学は通用しないのだろう。不思議議ミステリーといった感じだ。

しかし困った。

ウェークに住む一般的な住民よりもステータスが低い上、頼みの綱の『影操作』は本当に影を操るだけの能力であることが立証されてしまった。

これ絶対に、戦争や迷宮じゃ使えないよね……。

あれ、俺、結構詰んでない？

そんな風に考えていると、後ろから笑い声が聞こえてきた。

「おいおい！　お前、俺達と同じ転移者のくせに、まともなユニークスキル持ってないのかよ！」

「うわっ！　ダッセー！　影を操るだけとか手品かよ」

キラキラネームが眩しい光魔法使いの愛堕夢と、ゴロツキ雷魔法使いの多威餓が、俺の『影操作』を見て嘲《あざけ》ってくる。

「宰相さんよ～、ステータスも低くて、影を動かすことしかできないコイツに生きる価値あんの？」

「いやマジ無能だな、お前。碌《ろく》に使えないスキルとか、同じ転移者として恥ずかしいぜ。ヒャハハハ～！」

清々《すがすが》しいくらいのクズである。

「ヒャハハハ～！」とか言う人初めて見た。

とはいえ、『影操作』が使えないとなると、どうしたものか……。

二人の発言を受けて、ベーリング宰相が口を開く。

「ふむ、ステータスも低く、ＭＡＧやＩＮＴが高くても、ユニークスキルがこれでは、使い物になりませんね。影を動かすことしかできない悠斗様を王城に置いておいていいものか……これではまるで、穀潰《ごくつぶ》し……いや囮《おとり》位なら使えるか」

本人が目の前にいることを一切気にせず、かなりひどい発言をしていた。

そんな俺の視線に気付いたのか、宰相は一つ咳払《せきばら》いをして、取り繕《つくろ》うように言った。

「いえ、失礼いたしました。転移者様は、ステータスの上昇値が高いと聞きます。とりあえず予定通り、迷宮に入ってもらいレベル上げをすることにしましょう。もしかしたら、ステータス値の急上昇もあるかもしれません」

こうして俺は、有望な転移者から、ユニークスキルも碌《ろく》に使えない穀潰し……無能へとジョブチェンジした。


「とはいえ、いきなり迷宮に入っていただくわけにもいきませんので、あなた方には訓練を受けていただく必要があるのですが……その説明は明日にいたしましょう。ささやかではありますが、お部屋に食事を用意させていただきました」

ベーリング宰相がそう言うと、部屋の外に控えていたらしきメイドが扉を開けてやってきた。

「早速、案内させていただきます。愛堕夢様はこちらへどうぞ」

「多威餓様はこちらに、飲み物はどうされますか」

愛堕夢と多威餓が、下卑《げび》た笑みを浮かべながら、メイドに連れられ貴賓室《きひんしつ》へと案内されていく。

そして、いよいよ俺の番。

そう思っていると、明らかに見下したかのような視線を俺に向けながら、ベーリング宰相が声をかけてきた。

「悠斗様はこのまま少々お待ちいただいてもよろしいでしょうか」

ベーリング宰相の言葉に思わず驚く。

「えっ？」

「大変申し訳ないのですが、【異世界人召喚の儀】で呼び出せるのは二名だけと聞き及んでおりましたので、悠斗様のお部屋を用意できていないのです。早急に手配いたしますので、しばらくここでお待ちください」

ここは王城だと思っていたんだけど、そうだとしたら、貴賓室のような部屋が二部屋だけなんてことがあるのだろうか。

とはいえ、そう言われては仕方がない。おそらくユニークスキル『影操作』があまり使えないのを見て、考えを変えたのだろう。

「わかりました。待っている間、ここで『影操作』の練習をしてもいいですか？」

するとベーリング宰相は笑みを浮かべる。

「もちろんです。どうぞご自由に練習してください。部屋の準備が整い次第、改めて案内させていただきたいと思います。それまでの間、もう少々お待ちくださいませ」

そう言うと、大広間にいた王様とベーリング宰相、そしてすべての使用人が扉の向こうへと消えていった。

まさか一人で残されるとは思わなかった。

しかも、日が落ち始めているというのに、灯りまでほとんど落としていくなんて！

本当に、部屋の準備をしてくれているのだろうか。メイドさん、ちゃんと呼びに来てくれるよね。大丈夫だよね。

しかし、そんなことを考えていてもどうしようもない。

「とりあえず、『影操作』でどんなことができるのか検証しておかないとまずい。このまま不良二人組と一緒に迷宮に向かっても、荷物持ちか、いざという時に囮にされて、悲惨な目に遭うような気がするし」

そんな未来を迎えないために、俺は早速、『影操作』の検証を始めた。

しかし、何度か『影操作』を唱え、能力を発動しても、宰相達に見せた時から進展が全くない。せいぜい、宰相達の前で披露《ひろう》したことを復習する程度だ。

日も完全に落ち、薄暗くなった大広間で、『影操作』を行使して明るくしたり、影の形を繰り返し動かしたりして魔法に慣れていく。

とはいえ、影を操る以外、一向に手応えを感じない。僅《わず》かな手がかりすら掴めていない状態がもどかしい。

そもそも『影操作』がどんなものか、宰相が話していた以上のことを俺は知らない。

少しアプローチを変えて、能力を調べれば何かわかるだろうか。

俺は「ステータスオープン」と唱え、試しに、スキル『鑑定』をステータスに表示されている『影操作』に使用してみた。

すぐに、『影操作』の詳細が浮かび上がる。

ユニークスキル：影操作Lv8
すべての影を操作することができる。Lv10になることで影魔法に進化。

もしかしたら、とは思っていたけど、本当に鑑定することができるとは！

それにスキルレベルが宰相達にステータスを見せた時より上がっている。

そういえば、ベーリング宰相はスキルは使用することによりレベルが上昇すると言っていた。転移者はスキルレベルや基礎能力が上がりやすいとも……。

おそらく、何度も『影操作』に挑戦したり、一人で試したりしているうちにレベルが上がったのかもしれない。

よく見ると、『影操作』の詳細に『Lv10になることで影魔法に進化』と書かれている。

これは、影しか操ることができない現状を打開する鍵《かぎ》になるかもしれない。

このままレベルを上げていけば『影魔法』を使えるようになるに違いない！

だいたい、不良二人組は『光魔法』と『雷魔法』を使えるのに、なぜ俺だけ『影魔法』の前段階である『影操作』しか使えないんだ？

ベーリング宰相は、【異世界人召喚の儀】で呼び出せるのは二人だけのはずと言っていた。

つまり、俺はその二人に巻き込まれただけなのかもしれない。

そのせいで、ユニークスキルも中途半端なものを授かったのだろう。

やっぱりステータスにあったＬＵＫは、一応ＭＡＸにはなっていたけど全然働いていない気がする……巻き込まれて異世界転移とか、どう考えても不幸の類《たぐい》だ。

そこまで考えたところで、ここまで何度も『影操作』を使ったのに、魔力が極端に減ったり、疲れたりという感覚がないことに気が付いた。まだまだ使えそうだ。

この世界には、魔法を使うたびに消費されるＭＰ《マジックポイント》のような概念がないのだろうか。それとも転移者だけ特別なのか？

いや、違う。『影操作』を使うたびに、何かが身体から抜けていく感覚が多少はある。

そういえば、ステータスにＭＡＧという項目があった。たしか、俺のステータスに表示されている数値は１００。

平均より多いという話だし、使っていたのはいくら影を操るだけのスキルだが、長い時間使用していれば、魔力が枯渇《こかつ》してもおかしくない。

もしかして魔力は俺の身体だけではなく、空気中にも含まれているのではないだろうか。

だとすれば俺は、自分の魔力と空気中に含まれている魔力の両方を利用して、無意識に自分の魔力の出力を抑えながら、『影操作』を発動しているのかもしれない。

「今度は魔力の流れを意識して『影操作』を使ってみるか」

目を閉じて、『影操作』を行使した際に魔力がどう流れるのかに神経を集中させる。

何度も繰り返した結果、呼吸とともに空気中に含まれる魔力が身体に入り込むのが理解できた。

心臓の隣あたりで自分の魔力と混ざり合い、手の平、足へと流れていくような感覚もある。

思った通り、俺は知らず知らずのうちに、自分の魔力と空気中の魔力をあわせて使用していたようだ。

「いつまでも『影操作』を使えるわけだ」

自分以外の魔力も取り込んで使っているのだから当たり前だと、俺は頷く。

そして、それ以外にもわかったことがある。

『影操作』は、手の平を影に翳《かざ》すことで、より正確に影をコントロールできるようだ。

おそらく、操る影を視覚的にイメージしやすくなったためだと思われる。

さらに、直接影に手を触れると、魔力がスムーズに行き渡り、イメージ通り完璧に操ることもできた。

この調子で、『影操作』を使っていけば、『影魔法』まですぐに辿《たど》り着けるかもしれない……。

そう思い色々試していると、扉が開き、メイドさんが入ってきた。

「悠斗様、大変お待たせいたしました。お部屋の用意が整いましたので案内させていただきます」

ようやく部屋で休むことができそうだ。

それにしても遅かった。

体感で三時間くらい大広間にいたような気がする。まあ『影操作』の感覚をつかめたから良かったんだけど。

俺はメイドさんに連れられ、急遽《きゅうきょ》用意されたのであろう使用人部屋へと案内された。

「本日はゆっくりとお休みください。食事は、部屋に用意してあります」

「ああ、ありがとうございます」

メイドさんにお礼を言い、部屋の中に入る。

机の上には、異世界でよく見かけるような特殊なデザインの服が置かれていた。

俺の制服では、何かと目立つからという配慮なのだろう。

とりあえず、一通り着替えると、使用人部屋のベッドに寝転がる。

寝る前に、「ステータスオープン」と呟き確認してみたところ、ＭＡＧの数値が上がっていた。

さらに、『影操作』がカンストし『影魔法』に進化していたため、試そうと思ったのだが、今日は続けざまに色々な事が起きて疲れてしまった。

まぁ、明日以降も時間はあるだろうし、慌てなくても大丈夫だろう。

3　訓練ってキツいんですね

翌朝、運ばれてきた朝食をとった後、昨日進化したユニークスキル『影魔法』の練習を始めようとしたところで、宰相からお呼びがかかった。

「一体何だろうか……」

大広間に入ると、眠そうな顔をした愛堕夢と多威餓の顔がこちらに向く。

そして、さっきまでボケっとしていたのに、俺の顔を見た瞬間からニヤニヤし始めた。

しかも、昨日とは違う服を着ているのだが、その服が既に破けている。

それにしても、実に気持ちが悪い。俺の顔を見て突然ニヤニヤし出すとか、何を考えているのだろうか。

やはり不良二人組の思考回路は不明だ。

そんなことを思っていると、大広間の扉が開き、成金趣味全開のド派手な王笏《おうしゃく》をもった王様が十数名の部下を引き連れてやってきた。

「おはよう諸君。昨日はよく眠れただろうか。ここにいる者達は、そなたらの教育係を務める我がマデイラ王国軍屈指の騎士達である。これからそなたらには、彼らによる厳しい訓練を受けてもらう」

昨日の流れでは協力するなんて一言も言っていないのに、王様の頭の中では、もう俺達が戦争に参加することは決定事項らしい。

清々しい程の自己中っぷりだ。

いや、自己中で我儘《わがまま》、それを実現する権力を持っているからこそ王様なのか？

「さて、まずは、普段騎士達が受けているものと同じ訓練をしてもらう。どれだけの力があるのかを見たいからな。その後、迷宮についての知識を学び、最終的には迷宮でそなたら自身の力を鍛えてほしい。転移者の力は絶大だからな……特に愛堕夢と多威餓、君達には期待をしているぞ」

「「はい！　ありがとうございます」」

そんな言葉を口にする愛堕夢と多威餓に、思わず俺は唖然とする。

まさかちゃんと感謝の意を表すことができるとは……てっきり舌打ちでもかまして、絨毯《じゅうたん》に唾《つば》でも吐くのかと思っていた。

昨日俺をカツアゲしてきた不良二人組とは思えない言動だ。

「では早速、訓練に入ってもらおう。それでは騎士団長のオスロ、よろしく頼む」

「はっ！　お任せください」

「それでは転移者諸君！　まずは君達の基礎体力を測ろうと思う。そのあとは迷宮でも生き残ることができるようみっちり訓練してやるからな、ありがたいと思え！　そして、そこの二人、次にまたメイドに狼藉《ろうぜき》を働こうとしたらどうなるかわかっているな！」

「「はいっ！」」

不良二人組が少し怯《おび》えた表情を浮かべていた。

なるほど、二人組が大人しくなっていたのはそのためか。

お世話してくれているメイドさんに手を出した結果、騎士団からお仕置きされるとか同じ転移者として恥ずかしい。

そんな不良二人組は、メイドさんに謝りながら、訓練用に替えの服をもらっていた。

「それでは、これより訓練を開始する！」


そして、騎士団との訓練が始まってから二週間が経過した。

部屋のベッドに腰掛けながら、ここ数日の訓練の日々を思い返す。

この二週間はハッキリ言って、過酷だった。本当につらかった。

まず、ステータスが一般人以下の俺が、騎士団と同じ運動メニューを課されている時点でおかしい。できるわけがない。

愛堕夢と多威餓がなんでこの訓練に耐えられるのか不思議なくらいだ。

筋肉痛で全身が動かなくなるまで毎日走らされたのである。

休みなんて与えられない。

誰かが倒れたら、当たり前のように、『治癒水《ポーション》』をぶっ掛けてくる。

水ではない、『治癒水《ポーション》』である。

走って、倒れて、『治癒水《ポーション》』をぶっ掛けられて、また走る。これを今後毎日繰り返し行うと聞かされ、驚愕した。

そして、訓練二日目、あろうことか、不良二人組が訓練をサボった。

あいつらなら絶対に問題を起こすと踏んでいたので、それ程驚きはしなかったし、正直俺もサボろうと思った。

しかし、そうは問屋が卸《おろ》さない。

危機的な状況にあるマデイラ王国にとって、戦力となる転移者が訓練をサボることは由々《ゆゆ》しき事態だ。とにかく必死な彼らに、もし転移者の機嫌を損ねたら闘ってもらえなくなるかも、という考えは微塵《みじん》もない。

最悪、以前宰相が言っていた『隷属の首輪』をつけて無理やりにでも戦わせればそれでいいのだ。

そんなわけで、訓練をサボった不良二人組は、三日目の朝、騎士団によってボコボコにされてからグラウンドを走る羽目になっていた。

しかも倒れるたびに『治癒水《ポーション》』をぶっ掛けられ、罵倒《ばとう》されている。

やがて、罵倒に耐え兼ねた不良二人組は、途中から「「ヒャッハー！」」と奇声を上げながら走り出した。

過酷な訓練に数々の罵倒が加わって、二人の心は折れてしまったらしい。

そして、一週間が経った頃には新たなメニューが追加された。

全身運動に障害物走、自衛隊式腹筋や自衛隊式スクワットともいわれる屈み跳躍《ちょうやく》である。

なぜ異世界に自衛隊式運動メニューがあるのかといえば、十年程前に、【異世界人召喚の儀】で呼び出した二人の転移者が、自衛隊員だったようだ。

転移者は、この国の生温《なまぬる》いトレーニングに憤《いきどお》りを覚え、騎士団に自衛隊式運動メニューを教えたそうだ。実にいい迷惑である。

『治癒水《ポーション》』をぶっ掛けられながら走るのも厳しかったが、自衛隊式運動メニューが加わってからはさらなる地獄が待っていた。

中でも、何回跳ぶかは騎士団長の気分次第、という自衛隊式スクワットが一番きつかった。

最低三十センチメートル以上跳ばないとカウントされないのだ。

しかも、ありがたいことに騎士団長が自ら激しい罵倒の言葉を飛ばしてくる。

聞くに堪《た》えない罵倒の数々……初めて騎士団長を見た時は優しげな雰囲気だと思ったが、その口から出てくるとは到底思えない言葉だった。

追加されたメニューはそれだけではない。

モンスターとの戦闘に慣れるため、ゴブリンを相手に戦わされたのだ。

たしかに、モンスターを倒したことのない奴が、迷宮でレベル上げなんてできるわけがない。その理屈は納得なのだが、それにしてもきつかった。

初めてゴブリンを倒した日。生き物を殺《あや》めた罪悪感から食べ物が喉《のど》を通らなかった。

生き物を刺した時の感触が手に残るのだ。

しかし、戦闘訓練を繰り返していくうちに、段々と、それにも慣れてきた。

戦わなければ殺《や》られるだけ。迷宮で生き残るには、モンスターを倒さなければ、どうしようもないということを知った。

そんなこんなで、二週間頑張った結果がこれだ。

【名前】佐藤悠斗
【レベル】1　【年齢】15歳
【性別】男　【種族】人族
【ステータス】
STR：5　DEX：50　ATK：5
AGI：5　VIT：5　RES：5
DEF：5　LUK：100(MAX)　MAG：150
INT：100　???：120
【ユニークスキル】言語理解・影魔法
【スキル】鑑定

実は、召喚された日の寝る前から全く変わっていない。

ゴブリンを倒したのでレベルが上がっているかと思ったのだが、経験値的なものが足りないのか、1のままだった。

あんなに苦労して、高校一年生が自衛隊の訓練みたいなものを強制的に二週間も受けさせられたのに……成果は無しである。

多少、筋肉はついたものの、ステータスの伸び率はゼロであった。

まあ、王国側にユニークスキルが『影操作』から『影魔法』に変わっているのが気付かれていないので、その点は良かった。

影を少ししか操れない『影操作』から、十全に操れる『影魔法』に進化していることが知られたら、あの宰相や王様が何を言い出すかわかったもんじゃない。

それはともかく、一番納得いかないのがこの訓練により、愛堕夢と多威餓のステータスが上昇していることである。

【名前】鈴木愛堕夢
【レベル】1　【年齢】19歳
【性別】男　【種族】人族

【ステータス】　ＳＴＲ：１２０（UP）　ＤＥＸ：４０　ＡＴＫ：１２０（UP）
　　　　　　　ＡＧＩ：４０　ＶＩＴ：９０　ＲＥＳ：４０
　　　　　　　ＤＥＦ：１２０（UP）　ＬＵＫ：１０　ＭＡＧ：３０
　　　　　　　ＩＮＴ：１５（UP）
【ユニークスキル】言語理解　光魔法
【スキル】棒術Lv10（MAX）

【名前】田中多威餓
【レベル】1　【年齢】19歳
【性別】男　【種族】人族
【ステータス】　ＳＴＲ：１２０（UP）　ＤＥＸ：４０　ＡＴＫ：１２０（UP）
　　　　　　　ＡＧＩ：４０　ＶＩＴ：９０　ＲＥＳ：４０
　　　　　　　ＤＥＦ：９０（UP）　ＬＵＫ：１０　ＭＡＧ：２０
　　　　　　　ＩＮＴ：２５（UP）
【ユニークスキル】言語理解　雷魔法
【スキル】棒術Lv10（MAX）

同じ訓練を受けたのに、二人はＳＴＲ、ＡＴＫ、ＤＥＦが上昇している。

一応ＩＮＴも5上がっていた。おそらく、二週間騎士団にしごかれ、こいつらには逆らわない方がいいと学習したためではないかと思われる。

俺のステータスが訓練で伸びなかった理由。これはおそらく適性の問題だと思う。

たとえレベル1であっても、身体を動かすことに慣れていた不良二人組は、ＳＴＲ、ＡＴＫ、ＤＥＦのステータス値が上がりやすい。一方、俺の場合、ＭＡＧ、ＩＮＴ、ＤＥＸといった肉体的な訓練では上がりようのないステータス値が上がりやすいため、今回の訓練では変化がなかったのだろう。

そして何より困ったことがある。

この地獄のような訓練により、不良二人組の準備が整ってしまい、明日よりレベル上げのために本格的に迷宮に行くことが決定したのだ。

俺も同行するが、表向きは訓練でも、実際は荷物持ち兼いざという時の囮役として連れていかれるらしい。

なぜそこまで知っているかと言えば、不良二人組が直接「明日は、荷物持ちと囮役よろしく！　無能の悠斗くん」「王様からも捨てられちまったな」と言ってきたからだ。

ご丁寧に、明日迷宮に持っていく荷物のリストは騎士団長が直接手渡してきた。

こんなことじゃ、明日何が起こるかわかったものじゃない。

俺はベッドの上でもらったリストを見ながら、今日こそは『影魔法』を検証しようと考える。

正直、この二週間は訓練が多忙すぎて、『影魔法』を試す余裕がなかった。

それに訓練が終わったあとは、疲労が溜まりすぎて、部屋に戻るとともにパタリと意識が途絶えてしまっていたのだ。

明日、迷宮で生き残るためには、なんとしても今日中に『影魔法』を検証する必要がある。

「まずは『影魔法』がどんなスキルかを調べてみよう」

そう呟くと、俺は早速、スキル『鑑定』をステータスの『影魔法』に使用した。

ユニークスキル：影魔法
すべての影を十全に操ることができる。
使用することのできるスキル以外にも、イメージ次第で影に関するスキルを作成できる。
【使用することのできるスキル】
・影弾《バレット》：影でできた弾を放つ。威力・飛距離は調整可能。
・影槍《ランス》：影でできた槍《やり》を放つ。または、作る。長さは調整可能。
・影刃《ブレード》：影でできた刃を放つ。または、作る。長さは調整可能。
・影串刺《スキュウア》：影でできた大量の棘《とげ》を指定した場所から出現させる。
・影盾《シールド》：影でできた盾を作る。大きさは調整可能。

・影収納《ストレージ》：影の中にモノを収納する。容量はなく、生き物も収納可能。時間経過あり。
・影潜《ハイド》　：影の中に潜むことができる。
・影探知《サーチ》：影を薄く延ばし、影の上に乗っているモノの情報を探る。
・影纏《ウェア》　：影を身に纏う。纏っている間、物理、魔法での攻撃を無効にする。
・影転移《トランゼッション》：影の中を移動する。または、影から影へ転移する。
・影縛《バインド》　：影で対象を縛り動けなくする。対象を影の形通りに動かす。
・影精霊《スピリット》：影の精霊を召喚する。
・影分身《アバター》：影で自らと同じ能力を持つ分身を作る。

「す、すごい……！　『影操作』と『影魔法』とではこんなに違いがあるのか」

『影魔法』の鑑定結果は驚くべきものだった。

まぁ、よく考えてみれば、曲がりなりにもユニークスキルなのだ。弱いわけがなかった。

ちなみに、この【使用することのできるスキル】は『鑑定』スキルを持っていないと知ることができないらしい。

さらに、このリストの中のスキルは、自身が認識しないと発動できない仕組みのようだ。

そんな推測を立てたのは、不良二人組の戦い方とスキルを見たからだ。

二人も俺の影魔法と同じくらい強力なスキルを持っているはずなのに、今のところそれぞれ一種類しか魔法を発動しているのを見たことがない。
実際に、彼らが持っているスキルは、鑑定したところ、もっと多彩だった。

ユニークスキル：光魔法
すべての光を十全に操ることができる。
使用することのできるスキル以外にも、イメージ次第で光に関するスキルを作成できる。
【使用することのできるスキル】
・光矢《アロー》：光の矢を放つ。飛距離、威力は調整可能。
・光線《レイ》：光線を放つ。飛距離、威力は調整可能。
・光球《ライト》：光の玉を作る。光の強さは調整可能。
・閃光《フラッシュ》：光を放つ。威力は調整可能。
・光精霊《スピリット》：光の精霊を召喚する。
・日光《サンシャイン》：天より凄まじい熱量の光を放つ。光線《レイ》の上位互換。

ユニークスキル：雷魔法
すべての雷を十全に操ることができる。
使用することのできるスキル以外にも、イメージ次第で雷に関するスキルを作成できる。

【使用することのできるスキル】
・落雷《バレット》：雷を落とす。威力は調整可能。
・雷槍《ランス》：雷でできた槍を放つ。または、作る。長さは調整可能。
・放電《ディスチャージ》：雷を放つ。威力は調整可能。
・雷纏《ウェア》：雷を身に纏う。纏っている間、身体能力が上昇。
・雷獣《ビースト》：雷を模した獣を召喚する。
・天雷《ヘブン》：天より無数の雷を落とす。落雷《バレット》の上位互換。

彼ら二人は『鑑定』スキルを持っていないため、【使用することのできるスキル】がわかっていない可能性が高い。

もし、俺に『鑑定』スキルが備わっていなければ、一からどんな能力かを手探りで試す必要があったと考えると、このスキルを持っていて本当に良かったと思う。

とはいえ、実際に使えるかどうかは別で、当然練習は必要になる。

そう考えた俺は、『影魔法』を試すための場所を探すことにした。

練習をするならどこがいいかな……今の時間なら誰もいないだろうし、二週間訓練をしたグラウンドでいいか。

周囲は程よく暗く、影を使った魔法の練習には最適だ。

まず初めに、俺は自分の影に触れ、影を入り口に見立てグラウンドに出口を繋げるようなイメージで「『影転移《トランゼッション》』」と呟いた。

すると、俺の身体が影に沈んでいく。あとは影の中から、グラウンドに出るようイメージするだけで、二週間訓練をしたグラウンドに無事移動することができた。

すごいっ、あんなに苦労した『影操作』とは大違いだ。

続けて【使用することのできるスキル】を一通り試してみることにした。

まずは手をかざし「『影弾《バレット》』」と唱える。影でできた弾丸が音もなく手から放たれ、ドンッ！　と地面に激突した。

暗くてよく見えないが、なかなか威力がありそうな技である。

次に、手の指を握りこみ刀を持つイメージで「『影刃《ブレード》』」と唱えてみる。

今度は、黒い日本刀のようなものが手から出現した。

軽く地面を斬りつけてみると、全く抵抗を感じることなく地面を割《さ》くことができた。

切れ味が凄すぎてちょっと怖い。それに重さを感じないので、扱いに苦労しそうだ。

その後、『影探知《サーチ》』や『影纏《ウェア》』、『影分身《アバター》』も試してみたが、これらについても無事発動することができた。

中でも、一番驚いたのが『影分身《アバター》』である。

俺の予想では、人型の黒い立体的な影が出てくるのかと思っていたけど、そうではないらしい。

自分そっくりの分身が、俺の思い通りに動いてくれるのだ。見た目も真っ黒ではなく、まるで鏡を見ているようだ。

俺はこの時、初めてこの世界の神様に感謝した。

最初は、よくもこんな異世界に不良ともども連れてきてくれたな、ふざけやがって！　とか思っていたけど訂正します。神様、チート能力ありがとうございます！

ひとしきり神様にお礼を言った後、『影魔法』の練習を終えた俺は『影転移《トランゼッション》』で自分の部屋に戻る。そして翌日に向けてゆっくり睡眠をとることにしたのだった。

4　迷宮でのレベル上げ

そして、翌日。

俺達は、迷宮の中を進んでいた。

メンバーは、『マデイラ王国の希望の光』と期待されている不良二人組と、お守りの騎士二人、そして荷物持ちの俺である。

迷宮についての知識を思い出しながら、騎士達についていく。

たしか迷宮は、大きく分けてフィールド型、洞窟型、建築物型の三つに分類されているんだっけ。

そして、理由はわからないが十層毎に強力なモンスターであるボスが出現するそうだ。

そのボス部屋の前には、必ず禍々《まがまが》しい意匠《いしょう》の門が設置してあるとも言っていた。一説によれば、この門はその階層のボスが外に出ないよう抑えておく役割があるらしい。

世界各地に迷宮は存在しており、中には百二十層からなるものも確認されていると説明を受けた。

踏破されているわけでもないのに、なぜその迷宮の全階層数がわかるのか。その理由は、迷宮の入り口近くに、攻略された最新の階層数と全部で何層まであるかを示す掲示板のような物があるからだ。

そんなものが存在する理由は、不明らしいが……。

ともかく、俺達がいるのは洞窟型のマデイラ大迷宮。

マデイラ王国の管理下にある、五十層からなる迷宮だと騎士達は言っていた。

自国の迷宮に対して大迷宮って、どんだけたいそうな名前を付けているんだよ、とも思うが、口には出さない。

今は迷宮内の十八階層あたりまで進んでいて、二十階層まであと一息といったところだ。

一緒にいる愛堕夢と多威餓は、調子に乗っている真っ最中だ。

その理由は、十階層のボスモンスターを自分達の力で倒したというのが大きい。

その時の彼らは色んな意味ですごかった。

「ヒャッハー！　ここは俺に任しとけ！」

ボス部屋の前に辿り着くと、多威餓が急に叫び出し、勢いよく扉を開いた。すると、ボス部屋の床に描かれている魔法陣から、醜悪《しゅうあく》な顔をしたゴブリンの統率者《ゴブリンロード》が現れる。

周囲に、手下のゴブリンを十匹程従えていた。

「多威餓様、あれはゴブリンロードという危険なモンスターです。お気を付けて」

「大丈夫だって、今まで簡単にモンスターを倒してきただろ？　俺達を信用しろって」

そう言って、多威餓は『雷魔法』を発動すべく、ゴブリンロードに向かって手を翳し詠唱《えいしょう》し始めた。

「天空を満たす光よ！　我の命により、その力を解き放ちたまえ！　『放電《ディスチャージ》』！」

詠唱が終わると、多威餓の手からボス部屋を満たす程の閃光《せんこう》が走り、ゴブリンロードを貫く。

『グギィイィッ！』という断末魔《だんまつま》の悲鳴を上げながら、塵《ちり》と化すゴブリンロード。

雷光の眩しさに目を閉じたのも束の間、気付いた時には、ボス部屋にいたゴブリンが全滅していた。

こんな感じで、それ以降の戦闘でも、不良二人組はモンスターを簡単に片付け続けているのだ。

愛堕夢は『光線《レイ》』、多威餓は『放電《ディスチャージ》』を放ち続け、敵を蹴散らしていた。

ただ、一つ言うなら、彼らは、魔法の発動に呪文の詠唱が必要ないことを知らない。

魔法名を呟くか、手の平を敵にかざし、使いたい魔法を思い浮かべるだけでもいいのだ。

なのに、なぜか彼らは、訓練の時から、呪文を詠唱している。

それも、自分で考えたポエムのようなものを誇らしげに……。

俺からすると、『何その罰ゲーム』という気分である。恥ずかしいこと、この上ない。

しかも、質《たち》が悪いことに、一度詠唱をすることで魔法を発動させてしまったため、魔法を発動するには呪文の詠唱が必要であると思いこんでしまっている。

試しに、多威餓の機嫌を損ねないよう下手《したて》に出ながら丁寧な口調で、呪文の詠唱なしで『放電《ディスチャージ》』を発動してもらったが、何も起きなかった。

この出来事のおかげで、俺は思い込み《イメージ》の重要さを知ることができた。

ちなみに、実は俺は今、昨日練習した影魔法を利用し、影の中に潜んでいる。

実際に、彼らの傍《かたわ》らで荷物持ちを担当しているのは、俺の『影分身《アバター》』だ。

『影分身《アバター》』と入れ替わっている理由は単純。この訓練における俺の役割が、『荷物持ち兼囮』だからだ。

荷物持ちはともかく、何か危険があれば、真っ先に囮にさせられる可能性がある以上、迂闊《うかつ》に彼らと行動をともにするわけにはいかない。そのための『影分身《アバター》』というわけだ。

ここまで、騎士達は不良二人組が倒したモンスターから素材や魔石を剥《は》ぎ取っては、荷物持ちだから当然というような態度で、遠慮《えんりょ》なく荷物を預けてきていた。

「悠斗様。こちらの荷物をお願いします」

「あ、はい」

こんな具合である。

本来であれば『影収納《ストレージ》』があるので、荷物持ちくらい問題なくこなすことができるのだが、俺はあえてすべて背負っていた。

『影操作』がユニークスキル『影魔法』に進化していることを王国側に知られたくないからだ。

一切能力を使わないことで、俺は、ユニークスキルも碌《ろく》に使えず、囮役にしかならない無能な荷物持ちの転移者を演じているのである。

それにしても、荷物が多い。どれだけ持って帰る気なんだろう。

これには、不良二人組が習得した『光魔法』と『雷魔法』が、素材となる部位を傷めずにモンスターを倒せるという理由もあった。

品質の良い素材や魔石が手に入りやすいのだ。

魔石というのは、モンスターの素材の一つで、魔力の塊のようなものだ。

この世界の住人が、魔法を発動する際の触媒として使われることもあるとか。

さらに、不良二人組はここまで、敵を見つけては魔法をぶっ放す、サーチ＆デストロイで攻略している。

魔法をぶっ放すのが楽しくてしょうがないようで、倒したモンスターの素材に全く興味を示していない。

騎士団側からしてみれば、無料で良質な素材をゲットできる絶好の機会なのである。

試しに、不良二人組の現在のステータスを確認してみる。

【名前】鈴木愛堕夢
【レベル】20　【年齢】19歳
【性別】男　【種族】人族
【ステータス】　STR：1100（UP）　DEX：600（UP）　ATK：1100（UP）
AGI：600（UP）　VIT：1100（UP）　RES：600（UP）
DEF：1100（UP）　LUK：20（UP）　MAG：300（UP）
INT：30（UP）
【ユニークスキル】言語理解　光魔法
【スキル】棒術Lv10（MAX）　生活魔法Lv2

【名前】田中多威餓
【レベル】20　【年齢】19歳
【性別】男　【種族】人族
【ステータス】　STR：1200（UP）　DEX：500（UP）　ATK：1200（UP）
AGI：500（UP）　VIT：1200（UP）　RES：500（UP）

DEF：1200（UP）　LUK：20（UP）　MAG：200（UP）
INT：30（UP）
【ユニークスキル】言語理解　雷魔法
【スキル】棒術Lv10（MAX）　生活魔法Lv2

俺とは違い、恐ろしく強いステータスとなっている。

ウェークに住む一般的な冒険者——迷宮探索を生業《なりわい》にする人達のステータスと比べても、不良二人組が調子に乗るのも頷《うなず》ける程ステータスに開きがあった。

そんなこんなで、順調に十九階層を進んでいくと、愛堕夢が宝箱を発見した。

「おい多威餓！　こっち来てみろよ、宝箱があるぜ！」

「おいおい、マジかよ！　よく見つけたな！」

宝箱を見つけ、愛堕夢も多威餓もテンションアゲアゲ。きっとゲームの主人公にでもなったかのような気分を味わっているのだろう。

しかし、どうもきな臭い。なにせもの凄くわかりやすい場所に宝箱が設置してある。

まるで『どうぞ持っていってください』と言わんばかりである。

これは罠《わな》の可能性が高そうだ……。

俺はそう思ったものの、後の祭り。

愛堕夢が宝箱に触れた途端、ハイオークやホブゴブリン、ゴブリンキングといったハイレベルのモンスターが宝箱の向こう側から湧き出てきた。

いやいやいやいやいや！　ヤバいでしょこれ！　なんで急に強力なモンスターが出てくるの⁉

慌てて宝箱を鑑定したところ、このように表示された。

宝箱（モンスタートラップ付き）
効果：宝箱に触れることで、モンスタートラップが発動する。
説明：強力なアイテムや、レアな素材が収められている宝箱。
すべてのモンスターを倒すことで開く。

効果を読む限り、愛堕夢が触れたことで発動したのは間違いないだろう。

モンスターが多数出現している上、距離も近く、愛堕夢や多威餓は混乱していて、呪文を唱える余裕はなさそうだ。

となると、不良二人組と騎士団員が考えそうなことは二つ。

みんなで逃げるか、誰かを囮にして逃げるかのどちらかである。

「悠斗様、申し訳ありません！」

すると、モンスターの素材を持っているせいで素早く動けない俺を囮にするため、騎士の一人が俺《アバター》の足を斬り付けてきた。

そして騎士は、先に逃げた愛堕夢と多威餓を追いかけ、荷物も置いて一目散《いちもくさん》に走り去っていく。

あいつら、マジで俺を囮にして逃げやがった……。

というか、囮を作ってから逃げるとか、意外と余裕あるじゃないか！

俺が愛堕夢と多威餓の影の中に移動すると、逃げていった二人の声が聞こえてきた。

「はぁっ、はぁっ！　おい！　ヤベーんじゃねーの！　悠斗《アイツ》おいてきちまった！」

「仕方がねーだろ！　まさかモンスターがあんなに出てくると思わなかったんだからよ！」

不良二人組が、十八階層に繋がる階段を上りながらそう言い合う。

後ろから騎士達も追いついてきたようだ。騎士達は走りながら二人に話しかけた。

「悠斗様は、愛堕夢様と多威餓様を逃がすため、自ら犠牲《ぎせい》になったのです。悠斗様の思いを無駄《むだ》にしないためにも、まずは、無事に王城に帰ることを優先しましょう」

騎士達が、元々荷物持ち兼囮役として俺を連れてきていたことは二人も知っているはずだ。

それでも、目の前で本当に囮にされている場面を見てこたえたのだろう。

意外にも、時折後ろを振り返りながら走る二人の姿は、少しだけ罪悪感を覚えているように見えた。

騎士達の行動も、マデイラ王国の人間という立場からすれば、愛堕夢と多威餓という貴重な戦力を失わないために必要なことだったとも言える。

まぁ、アイツらよく調子に乗っていたし、騎士達が心配する気持ちもわからなくはない。

それにマデイラ王国側から見た俺は、碌《ろく》なユニークスキルも持っていない、この世界で消えたとしても戦力に影響はない存在だと思われている。

こうなるのも無理はない話だ。

万が一に備えて、分身体と入れ替わっておいて、本当によかった……。

不良二人組と騎士二人が、十八階層に辿り着くのを見届けた俺は、モンスターにやられ無残な姿となった『影分身《アバター》』の方に戻り、影の中からモンスターの様子を確認していた。

うわぁ～『影分身《アバター》』がグチャグチャになってるよ。

まあ、影でできているから、切り傷から血が出たりはしてないし、見た目はそこまでグロくないけど……。

モンスターにより無残な姿となった『影分身《アバター》』を眺めながら、俺は考えを巡らせる。

正直、影魔法で迷宮を脱出することは容易《たやす》い。

『影転移《トランゼッション》』を使用すれば簡単に地上に帰ることができるからだ。

しかし、今は不良二人組と騎士二人が、十八階層まで逃げていったという状況だ。

おそらく、そのまま王城に帰り、事の顛末《てんまつ》を報告するだろう。

迷宮の入口には、非常事態に備えて水晶《すいしょう》型の通信機が設置されていたはずなので、王城に帰らずとも、それを使って宰相達に連絡する可能性がある。

となれば、外に出てマデイラ王国の人間と鉢合《はちあ》わせし、どうやって生き延びたのかバレるのはまずい。

どうしたものか……とりあえず、迷宮の中でほとぼりが冷めるのを待つとしよう。

まずは散らばった荷物でも集めるか。何をするにしてもお金は必要だしね。

幸いなことに、さっき騎士達は荷物を置いて逃げ出したため、目の前にはモンスターの素材が大量に転がっている。

ついでに、不良二人組が王様からもらったお小遣いである、一人当たり二百枚の金貨までそこらに散らばっている。

モンスタートラップから逃げる際、落としたのだろう。

紙幣に慣れ親しんだ俺らのような元日本国民の転移者にとって、金貨は所持するには重すぎる。

この世界のお金の種類や価値は城にいた頃に話を聞いていた。

銅貨、鉄貨、銀貨、金貨、白金貨と価値が上がっていき、元の世界の金額に換算すると、それぞれ十円、百円、千円、一万円、十万円。

つまり、愛堕夢と多威餓は二百万円ずつ王様から与えられていたというわけか！

俺は一切もらえなかったのに、全くいいご身分である。

モンスターは金貨や素材に一切興味がないようで、今も宝箱の周りをウロチョロしている。

散らばっている金貨や荷物を回収するには、モンスタートラップにより出現したモンスターを倒す必要があるが……まぁ、『影魔法』を使えば問題ないだろう。

俺は影の中からモンスターを倒すため、『影魔法』の中でも沢山のモンスターを倒すのにうってつけな『影串刺《スキュウア》』を発動させた。

それと同時に、地面より大量の棘が出現し、十九階層に存在するモンスターすべてを刺し貫いていく。

一瞬にして、モンスターによる『串刺しの林』ができあがった。

「「「グギャアア……！」」」

俺は、『影串刺《スキュウア》』ですべてのモンスターが倒されたことを確認すると、影から出て伸びをした。

「ふう。ずっと影の中で大人しくしているのも疲れるな」

俺は、ようやく影の中から出られたことに解放感を覚える。

そのまま影を延ばし、『影収納《ストレージ》』を発動させると、十九階層に散らばる素材やモンスターをすべて影の中へと収めた。そして、モンスタートラップが仕掛けられていた宝箱に手をかける。

もしかしたら、またモンスタートラップが発動するかもと警戒したが、どうやら杞憂《きゆう》に終わったようだ。

宝箱を開けると、本が一冊入っていた。

これは……『スキルブック』だっけ？　迷宮の最下層にある宝箱からごく稀に出てくるって話だったよな。

「何が書いてあるんだろ？」

俺はスキルブックを手に取り、パラパラとページを捲《めく》る。

すると、突然それが光り出し、脳内にアナウンスが流れた。

〈ユニークスキル『召喚』を取得しました〉

頭の中に響いた声に驚いていると、手に取っていたスキルブックが崩れて消えていく。

早速、取得したばかりのユニークスキル『召喚』を『鑑定』で調べてみると、詳細がステータスに浮かび上がる。

ユニークスキル：召喚

バインダーに収納されているあらゆる物体を召喚することができる。

【召喚できる物体】

・軟体生物《スライム》：特殊な効果を持ったスライムを召喚することができる。

・動物《ズー》：様々な動物を召喚することができる。

・細菌《バクテリア》：様々な細菌を召喚することができる。

・毒《ポイズン》：様々な毒を召喚することができる。

・虫《インセクト》：様々な虫を召喚することができる。

・竜《ドラゴン》：様々な竜種を召喚することができる。

・魔《デビル》：魔に属する種族を召喚することができる。
・天《エンジェル》：天に属する種族を召喚することができる。
・神器《アーティファクト》：様々な神器《アーティファクト》を召喚することができる。

おお、これまたチートのようなスキルだ……。

これこそＬＵＫの高さの賜物《たまもの》なのだろうか。

「とりあえず何か召喚してみるか」

俺が「『召喚』」と呟いてみると、奇妙な紋様《もんよう》が施されたバインダーが手元に現れる。

早速開いてみれば、中には様々なカードが収められていた。

ふと目に付いた『天《エンジェル》』のカードのうち、執事の絵が描かれたものを手に取ると、空気に溶けるようにカードが消えていく。

次の瞬間、俺の目の前にカードに描かれていた通りの長髪の男性が、片膝《かたひざ》をつきながら現れた。

頭《こうべ》を垂れ、まるで俺の命令を待っているような姿だ。

俺はそんな男性の突然の出現に驚き目を見開く。

「えーっと、君は……？」

「私の名は大天使カマエル。以後、お見知りおきを……」

5　神を視《み》る者「カマエル」

中学時代、神や天使などの存在に興味を持って、熱心に調べていた時期があった。

俺はその時の記憶を頼りに、目の前にいる天使がどんな存在かを思い出す。

たしかカマエルは、『神を視る者』という意味の名を持つ大天使だったっけ？　何万って数の天使を率いているとかだったと思う。

その攻撃的な性格から、オカルト教義《きょうぎ》では堕天使《だてんし》や、地獄の悪魔として扱われることもあったとも聞いたことがある。

まさか、こんなところであの時得た知識が活《い》かせるとは……。

ともかく、その大天使カマエルが、突然現れ、俺の前で膝をつき命令を待っている。

正直、何が起きたのかわからない。

「えーっと、カマエルさん？　まずは、立ち上がってくれると嬉しいかな？」

「承知いたしました」

そういうとカマエルさんはゆっくりとした所作で立ち上がる。

改めて見ると、背が高く、キリっとした顔つきだ。

「まずは、カマエルさんのことを知りたいんだけど、『鑑定』を使ってもいいかな？」

「もちろんでございます」

よし、カマエルさんに許可をもらえたことだし、早速、『鑑定』！

【名前】神を視る者　カマエル
【種族】天使族
【ステータス】STR：6000　DEX：6000　ATK：6000
AGI：6000　VIT：6000　RES：6000
DEF：6000　LUK：80　MAG：6000
INT：6000
【スキル】天ノ軍勢《アーミィ》　断罪《ジャッジメント》　天空ノ外科医《サーヂアン》　天秤《バランス》

大天使というだけあって、圧倒的なステータスである。

そして、ステータスも強力だが、スキル欄にあるスキル名も物騒なものが多い。

・天ノ軍勢《アーミィ》：十四万四千もの『能天使』と、一万二千もの『破壊の天使』を呼び出す。
呼び出す天使の数は任意指定可能。

・断罪《ジャッジメント》：神聖なる力で敵を浄化し消滅させる。
・天空ノ外科医《サージアン》：状態異常や部位欠損、体力を回復する。
・天秤《バランス》：真偽を見抜く。鑑定の上位互換。

正直、彼を召喚できた時点で、マデイラ王国を軽く滅ぼせる位の戦力が手に入ったような気がする。なにせ、合計十五万以上の天使を召喚できる力が備わっているのだ。

せっかくなので、気になっていることを聞いてみることにした。

「え～っと、一つ聞いていいかな？　カマエルさんは、大天使なのになんで執事の姿をしているの？」

「趣味《しゅみ》でございます」

「そ、そうなんだ……」

なんというか、変わった趣味だな。

「申し訳ございませんが、私もあなた様に『天秤《バランス》』を使用してもよろしいでしょうか？」

「えっ、『天秤《バランス》』？　いいよ。カマエルさんも鑑定させてくれたし……」

「ありがとうございます」

ついでに自分でもステータスを確認しておくか。

モンスター達を大量に倒したし、レベルが上がっているはずだ。

【名前】佐藤悠斗
【レベル】15　　【年齢】15歳
【性別】男　　　【種族】人族
【ステータス】
　STR：100（UP）　DEX：1000（UP）　ATK：100（UP）
　AGI：100（UP）　VIT：100（UP）　RES：100（UP）
　DEF：100（UP）　LUK：100（MAX）　MAG：2500（UP）
　INT：2000（UP）　???：2250
【ユニークスキル】言語理解　影魔法　召喚
【スキル】鑑定　生活魔法Lv2

おぉ！　どのステータスもめっちゃ上がってるじゃん！

???っていうのもかなり上がっているけど結局これは何なんだろう？

一方、俺のステータスを見たカマエルさんは顎《あご》に手をつけ、考え込んでいた。

「ふむ……悠斗様、これからのご予定を教えていただいてもよろしいでしょうか？」

これからどうするか……考えたこともなかった。

とりあえず、騎士に斬り付けられた挙句、モンスターの囮にさせられたから王城に戻るのは嫌だ。

かといって元の世界に戻る方法もわかっていない。

さてどうしたものか……。

「とりあえず、今いるマデイラ王国から出て、他の国に行こうかなって思うんだけど、どうかな？」

自分で言いながら、これが名案のような気がした。いや、もうそれしかないだろう。

王国の連中も、俺に戻ってこられても、囮にした手前気まずいだろうし、あの状況でどうやって生き延びたのか絶対聞かれる。

もしかしたら、能力がばれて、戦争に巻き込まれるかもしれない。また囮にされるのも嫌だし、そもそもこんな仕打ちをしたマデイラ王国のために戦う気もない。

ここまでの経緯を交えながら、カマエルさんにそう伝える。

「なるほど……それでは悠斗様に提案なのですが、まずはこの迷宮でレベル上げをしてみてはいかがでしょうか」

俺の言葉に、カマエルさんは一瞬考え込んだ後、そう提案してきた。

「悠斗様のステータスを拝見したところ、魔力や知力、幸運以外のステータスが、この世界の冒険者の平均的なステータスと比べて、著しく低いと思われます。それに、この迷宮はマデイラ王国が管理しているようですし、囮にされた仕返しに、この迷宮を攻略してはいかがでしょうか。ここで戦闘経験を積むことでステータスの上昇も見込めるかと……私もおりますし、影魔法を使えば戦闘面でも安心して戦えると思います」

たしかに、今の俺のステータスは、この世界の平均的なステータスと比べて相当低い。せっかく迷宮にいるわけだし、もしカマエルさんが俺のレベル上げを手伝ってくれるならこれ程心強い味方はいない。

「そうだね、じゃあよろしく頼むよ！」

こうして俺は、カマエルさんと一緒にレベル上げ＆迷宮攻略に乗り出すことにした。

早速、二十階層に行く手前で、カマエルさんはステータスの低い俺の護衛として二体の能天使を召喚してくれた。

『天ノ軍勢《アーミィ》』。それは、大天使カマエルの持つ権能の一つにして、大量の天使を任意で召喚できるスキルである。

「それでは悠斗様、まずは二十階層へ移動しましょう」

カマエルさんは、俺の後ろに能天使二体を付け、先導するように十九階層から二十階層に移動していく。

その姿は、いつの間にか召喚された時に着ていた執事服ではなく、赤い甲冑《かっちゅう》姿に着替えていた。

戦いに備えてのモードチェンジ……みたいなものだろうか。

二十階層に着くと、俺は早速『影探知《サーチ》』を使い、周囲の状況とボス部屋までのルートを探査した。

『影探知《サーチ》』によると、どうやら周囲にモンスターはいないようだ。道なりにまっすぐ向かうことでボス部屋まで辿り着ける。

十階層もそうだったけど、ボスがいる階層は全部そうなんだな。

「カマエルさん、この道をまっすぐ行けばボス部屋まで辿り着けるみたい」

「承知いたしました。それでは、私が先導いたします」

カマエルさんを先頭に、道なりにまっすぐ進むとボス部屋の扉が見えてきた。

カマエルさんがボス部屋の扉に手をかけながら、尋ねてくる。

「悠斗様、準備はよろしいでしょうか」

「もちろん、さあ、どんなモンスターが出てくるのかな……」

俺個人にとっては、初めてのボス戦である。

俺はカマエルさんと能天使二体に守られながらボス部屋の扉を潜《くぐ》った。

後ろに続く能天使がボス部屋に入って立ち止まると、背後の扉が轟音《ごうおん》とともに自然に閉まる。

「……っ！」

ビックリした……十階層のボス部屋にはなかった仕掛けである。

ボス部屋の内部は、かなり広いドーム状になっていた。

その中央の床には、魔法陣が描かれている。

すると突如、魔法陣が輝き出したかと思うと、体長二メートルを超えるゴブリンキング《ゴブリンの王様》と十数体ものゴブリンロードが現れた。

「悠斗様、ここは私にお任せください」

カマエルさんはそう言うと手の平を天へ掲げ、「『断罪《ジャッジメント》』」と呟く。

すると天井から、眩《まばゆ》い程の光が降り注いだ。

その光の奔流《ほんりゅう》がゴブリン達を包み込み、収まった頃には、この階層にボスモンスターはいなくなっていた。

「へっ？」

ゴブリンキング達が跡形《あとかた》もなく消えたことに俺が驚いていると、二十一階層へと続く扉が音を立てて開く。

「悠斗様、少し張り切りすぎてしまったようです。お怪我はありませんか？」

カマエルさんの発動した『断罪《ジャッジメント》』の力はとても強かった。

なにせ、光に呑み込まれただけでモンスターを消滅させてしまうのである。

素材や魔石ごと消滅させてしまってもったいないが、とんでもないスキルだ。

いや、安全なのはいいんだけれども、できれば素材やゴブリンキングの魔石は欲しかった……。

このままカマエルさんに任せると、素材や魔石をここから先で採れなくなる可能性が高い。

そう危惧《きぐ》した俺はカマエルさんを称賛《しょうさん》しつつ、やんわりと話しかける。

「いや～カマエルさんはすごいね！　でも次は俺がやってみようかな……」

すると、カマエルさんは嬉しそうに笑みを浮かべた。

「ありがとうございます。さあ、二十一階層への扉が開いたようです。先に進みましょう」

カマエルさんは俺からの称賛の言葉にご満悦《まんえつ》の様子だ。

どうやら俺が言った『次は俺がやってみようかな』という部分は聞き流されてしまったようである。

そこからの迷宮攻略はある意味順調だった。

二十一階層以降も、三十階層のボス部屋に辿り着くまでの間、カマエルさんは満足げに「『断罪《ジャッジメント》』」と呟いては、素材ごとモンスターを消滅させ続けている。

あれ、元々俺のレベルアップのために、迷宮攻略を進めているはずじゃなかったっけ……。

もしかして、久々の戦闘とかでテンションが上がって、さっき言ったことを忘れているのだろうか。

正直、何度「『断罪《ジャッジメント》』を使うのはやめて！」と言おうとしたかわからない。

しかし、止めることのできなかった俺に責任はないはずだ。

なぜなら声をかけるのを躊躇《ためら》う程、カマエルさんが怖かったから。

笑みを浮かべながら『断罪《ジャッジメント》』を放ちまくるし、俺が前に出ようとすると『前に出ては危ないですよ』と言わんばかりに手で制されるのだ。

とはいえ流石にこれ以上、モンスターの魔石や素材を消滅させるのは惜しいと思った俺は勇気を出して、『断罪《ジャッジメント》』を放ちまくるカマエルさんを説得。結果、三十階層からボスモンスターの相手を代わってもらえることになった。

カマエルさんも『断罪《ジャッジメント》』でモンスターを消し去りまくったためか、満足しているようだ。

「お気を付けください」と言いながら、能天使とともに俺の護衛に付いてくれている。

こんなことになるくらいなら、最初から俺一人で進んでればよかった。

いや、一人じゃそもそも、迷宮攻略しようとも思わなかったんだけれども……。

そうこうしているうちに、三十階層のボス部屋の扉の前に着いてしまった。

俺を先頭に全員が部屋に入ると、またも背後の扉が轟音とともに閉まった。

二十階層の時と全く同じパターンである。

部屋の中は二十階層と同じドーム状だが、より広い。

そして、その中央にある魔法陣が輝き出したかと思うと、体長二十メートルを超える化け物、ヒュドラが現れた。

俺はその場で立ち尽くし、呆然とヒュドラを見上げた。

いやいやいやいやいや！　二十階層と比べて、ボスモンスターがいきなり強くなってない!?

俺が心の中でそう叫んでいると、カマエルさんが隣で呟く。

「雑魚《ざこ》ですね。悠斗様でしたら簡単に倒せる相手です。この私ですら『断罪《ジャッジメント》』の一撃で塵《ちり》も残さず葬り去ることができます。この程度の雑魚《ヒュドラ》では悠斗様には物足りないかと思いますが、頑張ってください」

「……」

まったく、これだから異世界は嫌いなのだ。

俺は、日本という平和そのものな世界から来た、十五歳になったばかりの幼気《いたいけ》な少年である。

今まで生きていた中で、体長二十メートルを超える生物なんて会ったことがない。見たことのある巨大な生物といえば、キリンかゾウがいいところだ。

しかし、今回はその数倍もあるヒュドラが相手。

自らカマエルさんにボスの相手を代わってと言った手前、非常に言いにくいが、今すぐに逃げ出したかった。

だいたい、三十階層のボスモンスターにヒュドラが出てくるとは誰が想像できるだろうか。

さっきのボス部屋までがゴブリン系ばかりだったのだ。俺はてっきりオークロードかオークキングあたりの出現を想像していた。

いや、それでも怖いし強そうなんだけれども。

とにかく、こいつはどう倒せばいいのだろう……？

そんなことを考えながら、チラッとカマエルさんに視線を向けると、カマエルさんは期待を込めた視線を送り返してくる。

その視線は、ヒュドラ位簡単に倒せますよね、とでも言わんばかりだった。

あまりハードルを上げないでほしい。

『影魔法』を使えば簡単に倒せるのかもしれないが、いくら強力なスキルを持っていても流石にこの状況はビビッてしまう。

ヤケクソになった俺は、まずヒュドラを動けないようにしようと、『影縛《バインド》』を発動する。すると影はヒュドラの身体を縛り上げていった。

自分自身の影に囚われたヒュドラは『影縛《バインド》』により動けなくなるが、人を殺せそうな眼力でこちらを睨みつけてくる。

「ギシャアアアア！」

いや〜、やめて！　こっち見ないでっ！　叫ばないで！　だって仕方がないじゃない！　あなた《ヒュドラ》怖すぎるんだもの！

影に囚われたヒュドラに対して、恐怖のあまりオネエっぽい口調になりつつ、首に向けて『影刃《ブレード》』を放つ。

すると九つあるヒュドラの首が落ち、血肉が飛び散った。

「ギシャアアアアア！」

地面に落ちたヒュドラの首が絶叫する。

しばらくすると、叫びも途切れ、『影縛《バインド》』を解除すると胴体が地面に横たわった。

「あれ、何とかなった感じ？　これ……？」

俺は呆然と呟く。

おかしいな……元いた世界の神話によると、ヒュドラは不死身の生命力を持っていたはずだ。

こんな簡単に倒せていいものだろうか。

そう考えていたら、カマエルさんがとんでもないことを言い放った。

「悠斗様、今からヒュドラを復活させます」

「え、今なんて？」

その質問に返事はなく、カマエルさんは『天空ノ外科医《サージアン》』と唱える。

すぐに、ヒュドラの胴体から新しい首が生え始めた。

うっわっ！　キモッ！

ヒュドラの首が元の状態に戻ると、ギロリと俺を睨み付け向かってくる。

切られたヒュドラの首は地面に横たわったままだ。

「いやいやいやいや！　何してくれてんのカマエルさん！　俺を殺す気っ⁉」

「いえいえ、悠斗様。そんなつもりはございません。今はヒュドラの首の素材を集める絶好の機会にございます。私の『天空ノ外科医《サージアン》』があれば、何度でも再生させられますので、この機会を逃さず、希少なヒュドラの首を集めまくりましょう」

「ギシャアアアア！」

親の仇《かたき》を見るかのような目で俺を見据え威嚇《いかく》してくるヒュドラ。俺を侮っていたさっきまでの様子とは違う。

俺はヒュドラの身体を『影縛《バインド》』で縛り上げると『影刃《ブレード》』でヒュドラの首を刎《は》ね続けた。

「悠斗様、次行きます！　『天空ノ外科医《サージアン》』」

俺が『影刃《ブレード》』でヒュドラの首を刎ねるたび、カマエルさんが『天空ノ外科医《サージアン》』をかけてくるため、全く終わりが見えない。

いい加減勘弁してくれと思った時、カマエルさんが呟いた。

「ふむ、そろそろいいでしょう。悠斗様、最後にもう一度、ヒュドラの首を刎ねていただけますか？　素材も大量に集まりましたし、それで終わりにしましょう」

俺はヒュドラの首に向けて最後の『影刃《ブレード》』を放ち、すべて刎ね飛ばす。

そして『影縛《バインド》』を解除すると、大きな音とともに胴体が倒れた。

そんなヒュドラの死体の前には、首が九十本前後積み上がっている。

俺が呆然と積み上がった首を見ていると、カマエルさんが落ちている首を拾いながら笑顔で話しかけてきた。

「悠斗様、予定通り九十本ものヒュドラの首を集めることができました」

いや、そんな予定立てた覚えないよ！

カマエルさんのにこにこ顔を見るに、善意でやってくれたんだろうけど……正直、疲れてしまった。

こう言うと何だが、ありがた迷惑である。

「悠斗様、それでは『影収納《ストレージ》』にヒュドラの首と胴体を収納していただいてもよろしいでしょうか」

「わかった……」

俺は力なくそう呟くと、ヒュドラの首と胴体に影を延ばし『影収納《ストレージ》』に収納した。

6 マデイラ大迷宮攻略

ヒュドラの首と胴体を収納し終えると、気を取り直して三十一階層へ歩を進める。

カマエルさんを先頭に能天使達とともに三十一階層へと続く階段を下ると、目の前にはサバンナのような風景が広がっていた。

よく見ると、木々や草に隠れて所々にモンスターの姿が見える。狼などのそこまで大きくない種類が多いな。

「それにしても迷宮って不思議だよね」

「たしかに、このような空間が迷宮内にあるのは、悠斗様にとっては、意外なことかもしれませんね。ただ、私といたしましては、悠斗様のユニークスキル『召喚』の方が、よっぽど不思議に思います」

「えっ？　そうなの？」

「はい。通常のスキルにも『召喚』という同じ名前のものがありますが、そちらは契約印を結んだモンスターを召喚するスキルですから……悠斗様の場合ですと、そういった契約が為されていないモンスターでも、バインダーに収められているカードなら自由に召喚できるようですね。それに、モンスター以外のものも召喚できるのは大きな違いです」

「へえ、そうなんだ？」

俺の取得したユニークスキル『召喚』と、通常の『召喚』はかなり別物らしい。

そんな話をし、俺は、目に見えるモンスターを『影魔法』で屠《ほふ》りながら迷宮の中を進んでいく。

もちろん倒したモンスターを『影収納《ストレージ》』にしまうことも忘れない。

三週間前は、異世界に転移して、レベル上げのために迷宮攻略に乗り出すなんて考えもしなかったな……。

サバンナを進んでいくと、もう次の階層に続く階段が見えてきた。

三十二階層から先も三十一階層と同じような風景で、出てくるのも同じようなモンスターだった。

俺達は進み続け、気付けば四十階層のボス部屋前まで辿り着いていた。

俺を先頭に四十階層のボス部屋に入ると、今度は三十階層とは違い背後の扉が閉まることはなかった。

まるで、いつでも逃げていいですからね、と言わんばかりだ。

内部は、変わらず広いドーム状の部屋だった。

ボス部屋はすべて、広さは違えど、必ずドーム状の部屋になっているのかもしれない。

あたりを見回すと、今までは中央の床に描かれていた魔法陣がここでは天井に描かれていた。

俺が視線を向けた途端、魔法陣が急に輝き出し、体長十五メートルを超える巨大な蛇に翼を生やした化け物が現れた。

咄嗟《とっさ》に『鑑定』してみると【ニーズヘッグ】というドラゴン種のようだ。

さっきのヒュドラといい、三十階層からボスの強さがおかしくないか⁉

なんで、他の階層は普通のモンスターしか現れないのに、ボス部屋だけには神話に出てくるようなモンスターばかり出てくるんだよ！

俺がそう唸っていると、ニーズヘッグが咆哮《ほうこう》をあげながら襲い掛かってくる。

ボスモンスターの強さとデカさに驚きはしたものの、やることは変わらない。

俺はこちらに向かってくるニーズヘッグに『影縛《バインド》』をかけ動けなくする。

「グル？　グルルルッ⁉」

突然影に縛られたニーズヘッグはジタバタとしているが、幾重《いくえ》にも絡まる『影縛《バインド》』から逃れることはできない。

『影魔法』はとてつもなく使い勝手のいい能力だ。なにせ、少しでも影ができれば、その影を広げて操ることができる。

今回のように空を飛んでいる相手でも、翼の影が体にできていれば、その影を使えばいい。

ニーズヘッグは広げていた翼も拘束され、上から降ってきた。

轟音とともに墜落したニーズヘッグがこちらを睨みつけてくる。あんな派手に落下したのに、まだまだ動けそうな勢いだ。

縛っておいて正解だった。

「グルルルルッ……！」

ニーズヘッグが威嚇してくるが、ここまでくれば、もはやルーティン。

俺は、影に捕らわれているニーズヘッグの首に向けて『影刃《ブレード》』を放つ。

首が裂けたニーズヘッグは、バタンバタンとのた打ち回りながら悲鳴を上げていたが、じきに力尽きた。

「悠斗様、お見事でございます」

そう言いながら、カマエルさんがニーズヘッグに手を翳《かざ》す。

それを見た俺は、すぐさま、カマエルさんに声をかけた。

「ありがとうカマエルさん。ああっ、ヒュドラの時みたいに『天空ノ外科医《サージアン》』で復活させなくていいからね」

カマエルさんは一瞬、ビクッとしながらも「承知いたしました」と呟いた。

あ、あぶねぇぇぇぇ！　今絶対、復活させようとか考えてただろ！

「それでは悠斗様、ニーズヘッグを『影収納《ストレージ》』に収納し、次の階層へまいりましょう」

俺は横たわるニーズヘッグに影を延ばし、ヒュドラの時と同じように収納すると次の階層に進むことにした。

階段を降り、道なりに進んでいくと、次の階層へと続く扉が見えてくる。

マデイラ大迷宮四十一階層は、これまでとは大きく様子が違った。

壊れかけのフランス人形が『キャハハハハ』と笑いながら空を飛び、地面では腐ったモンスターやスケルトンが呻いている。非常にホラーな光景が広がっていた。

来て早々だがもう帰りたい。いや、帰るべき場所はないんだけれども……。

「カマエルさん……先導してくれないかな？」

「承知いたしました……悠斗様、まさかとは思いますが、怖いから先頭を代わってほしいということはないですよね？」

カマエルさんには見抜かれてしまっていた。

人形が片目を赤く光らせながら飛び回ったり、化け物が墓から這い出たり、異臭を放つ腐ったモンスターが跋扈《ばっこ》したりしているのだ。

怖いに決まっている。

だが、それを正直に言うのも格好悪いし……。

「い、いや、全然怖くないし！　暗くて足元が悪いから間違って転ばないように先導してほしいだけだし！　なんなら『断罪《ジャッジメント》』でモンスターを消滅させながら歩いてくれたら嬉しいなって感じだし！」

「……そうですか。失礼いたしました。それでは、私が先導いたしますので、悠斗様は後ろからついてきて……いえ、ここから先は暗く足元が悪いので、とても危なくなっております。万が一に備え、悠斗様は、私達の影に潜んでいただいてもよろしいでしょうか」

「えっ、そう？　それじゃあ『影潜《ハイド》』でカマエルさんの影に潜んでいるね！」

俺は早速、逃げるかのようにカマエルさんの影の中へ駆け込んだ。

「それでは悠斗様、行きますよ」

そこからは早かった。

四十一階層から五十階層のボス部屋に辿り着くまでの間、カマエルさんはひたすら『断罪《ジャッジメント》』を放ち続け、壊れかけのフランス人形やスケルトンなどを消していく。

さっきまでは、カマエルさんにどうしたら『断罪《ジャッジメント》』をやめてもらえるのかを考えていたが、今となってはとても頼もしい。

アンデッドモンスターも、大天使《カマエル》によって浄化してもらえるのだ。これは救いである。ありがたいと思ってほしい。

そして俺達は、あっさりと最終階層の扉の前に到着した。

俺はカマエルさんの影から出て、目の前の扉を眺める。

五十階層の扉は、最終フロアにふさわしく、今までのものより禍々しかった。まるでロダンの作品にある『地獄の門』のような扉だ。

ここでも、全員が部屋に入った段階で、背後の扉が轟音とともに閉まる。

四十階層のように、いつでも逃げていいですよ、とはいかないらしい。

五十階層《ラストフロア》のボス部屋は、薄暗くジメジメとしていた。

部屋の中央の地面を見ると、今まで見たことのないような大きさの魔法陣が描かれていた。

魔法陣の黒い輝きとともに、三つの頭と蛇の尻尾を持つ四足歩行のモンスターが現れた。

どの頭も、二メートルくらいの大きさだ。

「あれは……ケルベロスですか。『断罪《ジャッジメント》』で倒すのはもったいないですね」

「ケルベロス⁉」

ケルベロスとは、ギリシャ神話の神ハーデースが支配する冥府の入り口を守護する番犬。冥界から逃げようとする亡霊《ぼうれい》を捕らえ貪《むさぼ》り喰ったとされる獣だ。

「悠斗様、私の『断罪《ジャッジメント》』では、ケルベロスの素材や魔石が採れなくなってしまいます。ここは悠斗様にお願いしてもよろしいでしょうか？」

「わかった！」

俺はすかさず今までのボスモンスター、ヒュドラやニーズヘッグと同様にケルベロスに向かって『影縛《バインド》』を仕掛ける。

すると予想外のことが起こった。

たしかに影が纏わり付いたのに、ケルベロスは平然と動いているのだ。

「えっ⁉」

ヒュドラやニーズヘッグと違って、ケルベロスには効いているように見えない。

ラスボスだけに一筋縄ではいかないみたいだ。

「悠斗様。ケルベロスのスキルに『霊化』があるようですので、そのせいで『影縛《バインド》』が効かないのでしょう。ケルベロスは、それぞれの頭に一つ、能力が紐付《ひもづ》けられているため、首を落とすことで能力を削ることができます。『再生』スキルも持っているので、まずはそれを司る左の頭から順に落とすことをお勧めいたします」

ケルベロスのスキル『霊化』を鑑定すると、発動中、一切のスキルを無効化する効果があることがわかった。

だが、『霊化』スキルは常時発動できるわけではなく、一度発動すると、クールタイムが必要らしい。

「なるほど……それならっ『影串刺《スキュウア》』！」

ケルベロスに『影縛《バインド》』が効きづらいことはわかった。

だとしたら、小細工なしで攻撃した方がよさそうだ。

『影串刺《スキュウア》』を唱え、黒く染まった地面から大量の棘をケルベロスに向かって生やす。

「グギャァァァ！」

最初は効いた様子がなかったが、しばらくすると『霊化』が切れたのだろう、その棘が身体に突き刺さり、ケルベロスは絶叫を響かせる。

どうやら棘が刺さった状態では、『再生』は使うことができないようだ。

再び『霊化』スキルを使われる前に、すかさず左の頭を『影刃《ブレード》』で切り落とす。

これでケルベロスの『再生』スキルも封じた。

カマエルさんが故意にケルベロスを回復させない限り大丈夫なはずだ。

頭を一つ切り落とされたケルベロスは小さく叫び声を上げると、怒りのこもった視線を向けてきた。

しかし、反撃する素振《そぶ》りも、『霊化』スキルを使う様子もまるでない。

これはチャンスだ。

俺は地面から生えた棘で動くことのできないケルベロスの首に狙いをつけると、残り二つの頭を落とすため『影刃《ブレード》』を放った。

ケルベロスの首が落ちたのを見届けた俺は、横たわるケルベロスに影を延ばし、『影収納《ストレージ》』にその死体を入れた。

するとケルベロスが現れた場所の奥にあった扉が開き、下へと続く階段が現れた。

「お見事でございます、悠斗様。そして迷宮攻略おめでとうございます」

どうやら俺は、『マデイラ大迷宮』を攻略したらしい。あまり実感がなかった。

まあ、ほとんどカマエルさんに任せっきりだったような気がするけど……。

「ありがとう。カマエルさん。ところで、マデイラ大迷宮って五十階層の迷宮じゃなかったっけ？ あの扉は？」

「はい。悠斗様の認識で間違いありません。おそらく、あれは迷宮核《コア》へと続く扉なのではないでしょうか。早速ですが、参りましょう」

「迷宮核《コア》って何？」

「迷宮核《コア》とは、迷宮を構成する源です。迷宮に出現するモンスターや宝箱を生み出しているものでもありますね」

「なるほど……」

説明を聞き終えたところで、俺達は迷宮核《コア》のある五十一階への階段に向かって歩き始めた。

階段を降りると、八畳《じょう》くらいのこぢんまりとした部屋に辿り着く。

ここが、迷宮核《コア》のあるマデイラ大迷宮の最終階層のようだ。

部屋の奥には、宝箱と光り輝く水晶のような球体が台座に置いてある。

宝箱には、不良二人組の件で嫌な思い出があるため、『鑑定』をかけた。

宝箱

効果：なし
説明：迷宮の最下層にある宝箱。強力なアイテムや、レアな素材が収められている。

どうやらこの宝箱にトラップは付いていないらしい。

カマエルさんと視線を交わし、宝箱を開けると、そこにはスキルブックと、指輪が収められていた。

「スキルブックと『収納指輪』ですか！」

「両方とも珍しいものなの？」

「はい。悠斗様はもうご存知かと思いますが、迷宮の宝箱に入っているスキルブックは、読むことでユニークスキルを得ることができます。ただ、どんなユニークスキルを授かるのかは、読んでみるまでわかりません」

カマエルさんはそう言って、視線を収納指輪に移す。

「また収納指輪は、魔力量に応じて収納できる量が増える貴重なアイテムです。悠斗様の『影収納《ストレージ》』の上位互換で、生物を入れることはできないものの、時間経過がないのが特徴です」

「そうなんだ。カマエルさんは博識《はくしき》だね」

俺は『影収納《ストレージ》』から収納指輪に今まで狩ったモンスターを移しながらカマエルさんの話を聞く。

今後は鮮度が気になるモンスターの素材や食べ物なんかはこっちに入れたほうがいいかもしれ

ない。

あと、人目に付くところで『影収納』を使うのは目立つだろうし、カモフラージュとしても使えるかな。

「ちなみに、悠斗様がモンスタートラップ付きの宝箱からスキルブックを入手したのはきわめて珍しいことですよ」

もしかしたら、『召喚』を習得した時に続き、LUKが働いてくれたのかもしれない。

そんなことを考えていると、カマエルさんが迷宮核《コア》を見ながら、提案する。

「悠斗様、せっかくなのでこちらも持ち帰ってはいかがでしょうか。素材にしてよし、売ってよし、新しく迷宮を作ってよしの三方よしのアイテムですので……」

俺が知っているのは、『売り手よし、買い手よし、世間よし』の三方よしだからだいぶ違うような……まあいいか。

「迷宮核《コア》を持って帰っても大丈夫なの？」

「もちろんです。ただし、迷宮核《コア》を取り除くと迷宮核《コア》から迷宮に力が流れなくなるので、この迷宮は役割を終えただの洞窟に戻ります。この迷宮はマデイラ王国が管理しているようですが、悠斗様はそのマデイラ王国に切り捨てられた身ですし、迷宮核《コア》は誰のものでもありません」

「建物や空間自体が消滅するってわけじゃないんだね？　じゃあ問題ないか」

そう言うと、俺は迷宮核《コア》を台座ごと『影収納《ストレージ》』に収納した。

俺は一つ頷き、カマエルさんに向き直る。

「カマエルさんのおかげで、攻略することができたよ！　ありがとう！」

「いえいえ、こちらこそ、久しぶりに力を発揮することができてとても楽しかったです。ぜひまた呼んでください。それでは！」

カマエルさんは赤い甲冑姿から執事服に服装を変え、ポンッという音とともに、『天』のカードに戻った。

俺はカードをバインダーに収納すると、服の汚れを払う。

「そういえば、今の俺のステータスってどうなっているんだろ？」

ふと気になり、俺は「ステータスオープン」と呟いた。

【名前】佐藤悠斗　【年齢】15歳
【レベル】50　【種族】人族
【性別】男
【ステータス】
STR：500（UP）　DEX：3500（UP）　ATK：500（UP）
AGI：500（UP）　VIT：500（UP）　RES：500（UP）
DEF：500（UP）　LUK：100（MAX）　MAG：5500（UP）
INT：4500（UP）　???：7000

【ユニークスキル】言語理解　影魔法　召喚
【スキル】鑑定　生活魔法Lv2

おお、もの凄くステータスが上がっている。

「マデイラ大迷宮を踏破して、レベルも上がった。二つとも目標は達成できたし、そろそろ地上に戻るか」

そう呟くと、俺は『影転移《トランゼッション》』でマデイラ大迷宮を後にした。

7　カマ・セイヌーとの遭遇

迷宮の入り口近くには、迷宮街と呼ばれるものができる。迷宮には冒険者が集まるので、彼らが素材を売ったり迷宮に潜る準備をしたりするうちに、自然と街ができあがっていくのだ。

俺が迷宮街の路地裏《ろじうら》に転移すると、もう夕暮れ時だった。

思い切り腕を上げて伸びをする。

やっぱり外はいい。迷宮と違って空気はうまいし、空が広く感じる。

「さて、今日泊まる場所でも探すか」

俺は、マデイラ大迷宮の近くの迷宮街にある有名な宿屋チェーン『私の宿屋』へと向かった。

王城にいた頃に、騎士達がしきりに話していたので、もし街に出ることがあったら使ってみようと思っていたのだ。

「ここかな？」

『私の』と名前についてはいるが、決して俺が所持している宿屋というわけではない。

『私のグループ』が運営していて、リーズナブルな値段が魅力的な宿泊施設である。

この『私の宿屋』は、迷宮の入り口から歩いて十分程の場所にあり、一泊二日食事付きにもかかわらず、銀貨三枚から五枚で利用することができる。

「ようこそ『私の宿屋』へ、本日は何名様でのご利用でしょうか」

中に入ると、フロントにいた清潔感《せいけつかん》のある制服を身に纏ったお姉さんが声をかけてくる。

「一人です。三日程泊まりたいのですが、まだ部屋は空いていますか？」

「はい、あと三部屋程空いております。一泊あたり朝と晩の食事込みで銀貨五枚、食事なしで銀貨三枚となりますが、いかがいたしますか？」

今の俺には、迷宮でモンスタートラップに引っかかった際に、不良二人組が落としていった潤沢《じゅんたく》な資金がある。

せっかくなら贅沢《ぜいたく》しよう。俺は、銀貨五枚の部屋を三日分予約することにした。

「う〜ん。それじゃあ朝晩食事込みでお願いします。あ、ここってお風呂とかあったりしますか？」

「はい、部屋に備え付けの浴槽《よくそう》がありますので、そちらをご利用ください。それでは、こちらの台帳に、お名前とご職業を記入していただいてもよろしいでしょうか」

名前はともかく、職業か。元の世界では、高校生だけど……こっちの世界だとまだ冒険者でもないし、どう書こうか。

俺は、とりあえず職業欄を適当に埋め、受付のお姉さんに台帳を手渡す。

「お名前は、悠斗様ですね。職業は……フリーター、ですか？　初めて聞く職業ですね。もしよろしければ、この職業について教えていただいてもよろしいでしょうか？」

「そうですね〜。フリーターとは、自分の実力次第でキャリアを築くことができ、様々なジョブの経験値を稼《かせ》ぐことのできる可能性に溢《あふ》れた職業でもあります。自分の気分にあわせて、仕事したくない時はせず、したい時は自由気ままにできる、それがフリーターです」

俺の説明に、お姉さんはわかったようなわからないような顔をする。

「そ、そうですか……ご教示いただきありがとうございます。支払方法についてですが、クレジットカード払いとデビットカード払い、現金払いとありますが、いかがいたしましょうか？」

「クレジットカード払いとかもできるんですか!?」

使ったことは全くないけれど、クレジットカード払いと聞くと何となくカッコいいイメージがある。

俺が驚いていたら、お姉さんが詳しく教えてくれた。

クレジットカード払いは、商業ギルドの発行する、Cランク以上の会員証についている機能。デビットカード払いは、冒険者ギルドの発行する会員証でできるらしい。冒険者ギルドの会員証には、普通預金のような機能も付いていて、そこから引き落とされるそうだ。預金残高が不足している場合利用することはできないとも言っていた。

「えっと、とりあえず現金一括払いでお願いします」

そう言って、俺は三日分の宿泊費を支払う。

「それでは、お部屋に案内いたします」

受付のお姉さんは、そのままフロントから離れると、俺を一階にある角部屋へと案内してくれた。

「こちらがこの部屋の鍵となります。万が一、無くされますと鍵の交換費用として銀貨三枚を請《せい》求《きゅう》させていただきますのでご留意ください」

「ありがとうございます」

宿屋の対応といい、このフロントの清潔感といい、まるで元の世界のホテルのようだ。エレベーターがないこと以外に、異世界感が全くない……。

昔、父さんや母さんと一緒に泊まった旅行先のホテルを思い出す。

鍵を受け取り、受付のお姉さんにお礼を言うと、ドアを開けて部屋の中に入る。

「おお！　ベッドがある！」

ベッドを見付けるなり、早速ダイブした。

柔らかそうなベッドを見るとなぜか飛び込みたくなる。これは人間の習性だろうか。

俺はひとしきりベッドの弾力を味わってから仰向《あおむ》けになると、『はぁ〜』と深いため息をついた。

囮として置き去りにされた時には驚いたものだが、『影魔法』と、カマエルさんのお陰で何とか生きて迷宮を出ることができた。

なのに、なぜかため息が止まらない。知らないところでストレスでも溜まっていたのだろうか？

「いや、違うな……」

ただ、これからのことを考えて憂鬱《ゆううつ》な気分になっているだけだ。

「はぁ〜っ。これからどうしよう……」

いくらお金やチート能力を授かっていても、俺は所詮《しょせん》十五歳の子供。

父さんや母さん、友達のいる元の世界に戻りたいと思うくらいには、故郷のことを恋しく思っている。

しかし、ベーリング宰相は、元の世界に戻る方法はないと言っていた。

「当面の目標は、生活基盤を整えることかな……」

元の世界に戻る方法はその後にでも考えよう。

ベーリング宰相が知らなかっただけで、実は何かしら方法があるのかもしれない。

それに、王城の連中の動向も気になるところだ。

俺が生きていることを知ったら、必ず捕らえに来るはずだ。もしかしたら殺しに来るかもしれない。

まずはマデイラ王国から脱出することが先決だろう。

俺は気持ちを切り替えるために、とりあえず部屋に併設《へいせつ》されているお風呂に入ることにした。

そういえば、お風呂に入ると幸福感を得ることができると聞いたことがある。

なんでも、お湯が持っている温度、浮力、水圧が身体をほぐし新陳代謝《しんちんたいしゃ》を促してくれるらしい。

血行が良くなることで、緊張した神経を和らげ、気分をリラックスさせてくれる効果があるそうだ。

俺はまず浴槽にお湯を張るため風呂場に向かった。

この世界の浴槽には、お湯の出る魔石が設置されていて、それに魔力を注ぐことで一定量のお湯が出るよう設定されている。俺が備え付けの魔石に魔力を流すと、魔石から勢いよくお湯が出てきて、浴槽に溜まっていく。

脱衣所で服を脱ぎ、石鹸《せっけん》で体を洗う。すると、泡を流したシャワーのお湯が黒く染まった。

「うわぁ〜。一日中迷宮に籠《こも》っていたからな。そりゃあ、こんだけ黒くもなるか……この宿に服を洗う所あったかな？　後で聞いてみよう」

思い返せば、着ていた服も相当汚れていた。

浴槽に十分お湯が貯まったところで、風呂に浸かる。自然と「あぁ〜」という声が出た。

湯船に入った時、無意識に声が漏れてしまうのは一体なぜだろうか？

三十分程風呂に浸かった俺は、壁にかけてあるバスタオルで体を拭くと、備え付けのローブに袖《そで》を通し、食堂へと向かうことにした。

その際、フロントで服を洗える場所はないか聞いてみると、この宿では、なんと鉄貨一枚からランドリーサービスを利用できるらしい。元の世界のお金で百円くらいだから相場としては安いかもしれない。

食事の前に出せば、終わる頃には、衣服の洗濯から乾燥まで済ませてくれるようだ。至《いた》れり尽《つ》くせりである。

「それでは、この服をお願いします」

俺はフロントのお姉さんに鉄貨一枚と服を渡すと改めて食堂に向かうことにした。

食堂に入ると、様々な香辛料を使った料理の良い匂いが漂ってくる。

「ここが食堂か～。凄い料理の数だ」

どうやらこの宿でのディナーはバイキング形式のようで、所狭しと料理が並べられている。

俺は、トレーに取り皿を並べ、思うがままに料理を載《の》せていく。

目を惹《ひ》いたのは、『ミノタウルスのタリアータ』と『海蜘蛛《うみぐも》とトメトのクリームパスタ』だ。

他の料理も見る限り、元の世界のヨーロッパ地域に似た食文化なのかもしれない。

ちなみに、タリアータというのはステーキ肉を薄切りにした料理のようだ。

あまり耳馴染《みみなじ》みのない料理名だったが、美味しそうだったのでつい取ってしまった。

そうこうしているうちにトレーの上は、元の世界でもお目にかかれない豪華なものになっていた。

まさか異世界でこんな料理が食べられるとは思っていなかったので、ワクワクしてしまう。

流石、『私の宿屋』である。

ミノタウルスは意外にも和牛の肉に近い食感だったし、海蜘蛛はまさかのカニだった。

王城にいた頃は、扱いも悪くてここまで美味しいものを食べていなかっただけに、感動も一入《ひとしお》だ。

マデイラ料理に舌鼓《したつづみ》を打ち、満足した俺は、料理の余韻《よいん》を楽しみながら部屋に戻った。もちろん、部屋に戻る際、フロントで服を受け取ることも忘れない。

「ふ〜っ、美味しかったぁ〜！　これは朝食も期待できそうだ」

部屋に戻った俺は再度、ベッドにダイブした。

ぼふっと、音を立ててベッドが大きく揺れる。

そのまま、くるりと回り仰向けになると、明日からどうするか考えることにした。

まず、マデイラ王国を脱出する前に、装備を整えなきゃ……迷宮で狩ったモンスターの素材や魔石も売りたいし、他国に渡るにはギルドカードも必要だ。

冒険者ギルドに登録すれば、身分証になるギルドカードがもらえるらしいし、明日行ってみるか。

ざっくりと明日やることを決めると、早めの睡眠をとることにした。

正直、今日はこれ以上何も考えたくない……明日、起きてから残りは考えよう。

「がんばれ、明日の俺」

明日の自分にすべてを託し、俺は布団の中で眠りについた。

翌朝、目が覚めて体を起こし俺は背伸びをした。

そしてベッドから立ち上がると、贅沢に朝風呂を楽しんでから、食堂へ向かう。

朝食は、シンプルながらバランスの取れたものだった。

迷宮で採れたフレッシュな野菜を使ったサラダは、ドレッシングがなくても甘く感じ、コルネットと呼ばれるクロワッサンのようなパンも、スクランブルエッグとの相性が抜群で美味しい。

締めにカフワというカプチーノのような飲み物を口に含む。

一通り食べ終え満足すると、部屋に戻って今日行うことを確認する。

とりあえず何から手をつけるか思いつかなかった俺は、まず迷宮で手に入れたスキルブックを読むことから始めることにした。

収納指輪からスキルブックを取り出すと、手に取って、パラパラと捲っていく。すると、スキルブックが光り出した。

〈スキル『属性魔法』を取得しました〉

脳内にそんなアナウンスが流れると同時に、スキルブックが粒子《りゅうし》になり消えていく。

おお、スキルは取得できたみたいだ。

ステータスを表示し、手に入れたばかりの『属性魔法』を鑑定してみると詳細が浮かび上がってきた。

スキル：属性魔法
ユニークスキル以外の様々な属性魔法を行使できる。魔力、イメージ次第で威力が変わる。
【使用可能な属性】
火属性　水属性　地属性　金属性　木属性　風属性
聖属性　闇属性　無属性　時属性　空間属性

残念ながらユニークスキルではないみたいだけど、かなり使い勝手の良いスキルのようだ。というか、かなり強力だよな。

いくつかよくわからない属性もあるが、金属性は金属を、木属性は植物を、聖属性は癒しの力を使うことができ、闇属性は他者の記憶や精神を操ったりできるらしい。無属性ってのは、魔力そのものを物理的に操るとか、身体強化ができるようになるとか。

俺や不良二人組が与えられたユニークスキルの『影魔法』とか『光魔法』とかとの違いは何なのだろうか。どの属性にも属さないものを操る魔法は、ユニーク魔法になるとか……？

何はともあれ、下手なユニークスキルよりも万能なものを手に入れたかもしれない。

「とても利便性の高い能力をゲットすることができました！　ありがとうございます神様！」

なんて、たいして信仰もしていない神様に感謝を伝えてから、マデイラ王国脱出に必要な服の新調と物資購入のため、『私の宿屋』を後にした。

まずは服だ、替えの服がなければ旅をすることもできない。

一応、元の世界の制服も『影収納』にあるが、それでは目立ちすぎるし、なにより二日間も同じ下着を穿《は》いていることに自己嫌悪している。まあ、ちゃんと洗ってあるのでそこまで忌避感《きひかん》はないけど……。

これが異世界人と、日本人との違いだろうか……いや、単に俺が潔癖症《けっぺきしょう》というだけなのかもしれない。

とにかく、これ以上同じ服や下着を着続けるのは避けたいということである。

思いがけないところで、自分が意外と綺麗好きであることに気付いてしまった。

迷宮近くまで歩くと、武器や防具、洋服や食べ物を売るお店などが多く立ち並んでいた。

服屋を探している途中、路上の一画が騒がしいことに気付く。

人混みに紛れてチラリと覗《のぞ》いてみると、そこには何やら言い争いをしている男達の姿があった。

その中心にいるうちの一人でトサカみたいな髪型の男は、片手に瓶《びん》のようなモノを持ち、顔が赤かった。少し酔っ払っているようにも見える。

「なんだテメェ！　ギルドに登録したてのGランクが、俺様の言うことにケチを付けようってーのか？　ああっ⁉」

「いや、あんた……ホント何なんですか！　急に絡んできたと思えば、『弱い奴はギルドにいらねぇ、冒険者ギルドにギルドカードを返してこい』って、意味がわからないでしょ！　朝から酒を呑んで頭が沸《わ》いてるんじゃないですか⁉」

どうやら、瓶を持っている男が冒険者ギルドに登録したばかりの男に絡んでいるようだ。

頭が沸いているという発言にカチンときたのか、酒瓶を持った男が怒り出す。

「マデイラ王国の冒険者ギルドに雑魚はいらねーんだよ！」

「なんでそんなことがわかるんですか！　そもそも、あなたもギルド登録した時はGランクから始めたでしょう！」

極々《ごくごく》、当たり前の話だ。

冒険者ギルドのランクの昇格条件はわからないが、だいたいの人が一番下のランクから始めると思う。

「そんなことは関係ねーんだよ！　俺様は長年やってきた経験から、テメェが冒険者として不適格と判断しただけだ！　見てみろ、テメェの装備をよ⁉　そんなんでゴブリンやオークを倒すっていうのか？　ああっ？」

「あのね。あなたにそんなことを言われる筋合いはありません。私は身分証として利用するため、冒険者ギルドに登録しただけです。それに、冒険者として最低限の力くらい持ち合わせています」

それを聞いた男はニヤリと笑う。

「そんなことだろうと思ったぜ！　何が身分証だ！　冒険者ギルドに貢献する気のない奴は商業ギ

ルドにでも行きやがれ！　冒険者ギルドに必要ねーんだよ！　おい、お前達もそう思うだろ！」

　すると、取り巻きが騒ぎ始めた。

「おう、まったくだぜ！　身分証欲しさに冒険者ギルドの扉を潜るとはなぁ！」

「テメェみたいな弱いやつは要らねーんだよ！」

「おっ、もしかしてスラム出身だから身分証が欲しいんじゃねーか？」

「おいおい、スラム出身かよ。冒険者ギルドはテメェみたいな掃溜《はきだめ》野郎が来る所じゃねーんだよ！」

「お前みたいな冒険者は要《い》らねーよ。さっさとギルドカードを返却してこい！」

「身分証が欲しけりゃ商業ギルドに行きやがれ！」

　酷い言い草だ。

　身分証のために冒険者ギルドに加入する人、結構多いと思うんだけど。

　ていうか俺もその一人だし……。

　結局、酒瓶を持った男の取り巻きに煽《あお》られた冒険者は、そいつらに連れられてどこかに消えていった。

　そんな彼らを見て、道行く人々がひそひそと話している。

「可哀相《かわいそう》に。あの新人冒険者、カマ・セイヌーに絡まれるなんて運がないな……」

「あんな数で煽られた挙句、カマ・セイヌーの取り巻きに連れていかれるなんてな。多分、ギルドカードを取り上げられて、半ば強制的に脱退させられるんだ」

「あいつも最初はGランク冒険者だったろうに……少し冒険者歴が長いからってそんなに偉ぶらなくてもね？」

「カマ・セイヌーに絡まれて冒険者ギルドを辞める奴は後を絶たないからな……ギルドマスターも何をやっているんだか……」

俺はあんな奴らに絡まれないよう注意しなくっちゃ。

気を取り直して迷宮近くを散策していると、お目当ての洋服屋さんを発見した。

中に入ると、若い女性の店員さんが迎えてくれる。

「いらっしゃいませ、本日はどのような服をお探しでしょうか」

「え～っと、冒険者が着るような動きやすい服と下着をそれぞれ五着ずつ欲しいのですが……」

「動きやすい服と下着でございますね。男性用の服や下着は、そちらの階段を上がって手前のスペースに展示してあります。試着の際は、試着室をご利用ください」

「ありがとうございます」

そう言うと、俺は二階に展示してある服と下着を物色する。

そして、適当に五着分の服とズボン、下着を購入すると洋服屋さんを後にした。

次に向かったのは、『私の宿屋』と同じ系列のお店で、様々な食料品や日用品を扱う『私の商会』。

店に入ると、髭《ひげ》を生やした小太りの中年男性が迎えてくれた。

「いらっしゃいませ、本日はどのような品物をお求めですか」

「しばらく迷宮に籠《こも》ろうと思うので、携帯食料と冒険に出る時の必需品を揃えたいのですが……おすすめはありますか？」

「それでしたら、旅に必要な冒険グッズを揃えることのできる初心者冒険セットがおすすめですよ。また、当店では古今東西《ここんとうざい》の様々な食材やスパイスを取り揃えておりますので是非ご利用ください」

どうやらこの初心者冒険セットは、ナイフやテント、携帯トイレなど、冒険初心者が必要とする用品がすべて入ったお買い得品のようだ。これは買うしかないだろう。

俺は、初心者冒険セットの他に、携帯食料一ヶ月分、生鮮食品やスパイスを十日分購入し、収納指輪に格納すると、ギルドカードを求め冒険者ギルドに向かうことにした。

道中、通りかかった屋台で片っ端から料理を注文し収納指輪に格納するのも忘れない。

時間経過のない収納指輪に格納しておけば、いつでもできたての料理を楽しむことができるからだ。

大量の料理を収納指輪に格納し、ホクホク顔の俺が冒険者ギルドに着くと、建物の中は多くの冒険者で溢れかえっていた。

8　冒険者ギルド

「うわぁ、凄く混んでる……」

建物内を一瞥したが、受付周辺は人が多く、ギルドカードの発行には時間がかかりそうだ。

仕方ないので、先にモンスターの買取をお願いしよう。

冒険者ギルドの建物の横には、素材の買い取りをしてくれる施設があると聞いていたのでそちらに向かう。

入り口を開けると、昼前という時間帯は素材を持ってくる冒険者が少ないのか、閑散《かんさん》としていた。

「すみません。モンスター素材の買取をお願いしたいんですけど」

「素材買取カウンターへようこそ。ご利用は初めてですか？」

「はい、初めてです」

「それでは、まず、素材買取カウンターについて説明をさせていただきたいと思います」

男性の話をまとめると、こんな感じだった。

素材買取カウンターでは、モンスターの素材から、薬草、鉱石、その他諸々の買取を行っている。

解体済の場合は、解体方法によって買取金額の査定に差が出る。大きい素材や未解体の素材は、カウンター横にある解体場へ持っていき、解体後に査定を行うようだ。

その際、未解体のものがあると解体手数料として買取金額の一割の手数料がかかるらしい。

なお査定のみや解体のみの利用も可能とのことである。

ということで、早速俺は、迷宮で狩ったモンスター素材の買取をお願いすることにした。

すると、困惑した表情で男性が尋ねてくる。

「え〜っと、お客様？　素材が見当たらないようですが……」

「ああ、素材はこの収納指輪に格納されています。量もかなり多いのですが大丈夫でしょうか？」

俺が収納指輪を見せると、男性は納得した表情を浮かべる。

「収納指輪ですか。それはとても良いものをお持ちですね！　量については問題ありません。百体でも千体でも、一日とかからず処理してみせますよ。ちなみに素材は解体済みでしょうか？」

百体はともかく千体はハッタリだと思うけど、せっかくだしお願いしてみるか。

「素材は未解体なので、すべて解体してもらえると助かります。結構な量があるのですが本当に大丈夫でしょうか？」

「問題ありません。それでは、解体場へ案内いたしますので、そちらにモンスター素材をお願いします」

そう言うと、男性の先導で解体場に移動する。

解体場に到着すると男性は解体希望のモンスター素材を収納指輪から出すよう求めてきた。

俺は解体場のモンスター素材置場に、次々と解体希望のモンスター素材を置いていく。

次々とモンスターを収納指輪から取り出すごとに、次第に男性の顔が引きつっていく。

「いやいやいやいやいや、ちょっと待ってください！」

そして、全部で二百体程素材置場に出したところで、素材買取カウンターの男性が待ったをかけてきた。

「えっ？　まだモンスターを出し終えていないんですけど……」

そう首を傾げると、男性は頭を抱えてしまう。

俺は、男性の言う通りモンスターを並べただけなのに……。

おおかた、本当に百体以上出されるとは予想していなかったのだろう。

ふと見回すと、解体場のモンスター置場は、いっぱいになっていた。

まだまだ、三十階層以降のモンスターが収納指輪に残ってるんだけどな……。

「お、お客様、流石にこの量は勘弁してください。せめて、二日に分けて持ってきていただけるとありがたいのですが……」

うーん、時間停止しているから素材が悪くなることはないけど、あと数日でマデイラ王国を出国する予定だし、換金に時間がかかるのは困る。

それに、百体でも千体でも一日と掛からず処理してみせると言ったのはこの人だ。

「すみません。このモンスターは狩ってからもう時間が経っているんです。このまま持ち帰ると腐ってしまいますので、解体していただけるとありがたいのですが……」

俺がそう言うと、またもや男性は頭を抱えてしゃがみ込んでしまった。

そして、何を決心したのか勢いよく立ち上がると、俺に顔を寄せてくる。

「し、仕方がありませんね。次回から、次回からで構いませんので先に解体する素材数を教えていただけますようお願いします。というより、必ず教えてください！　いいですね！」

そう言うと、男性は、大急ぎで職員を集め始めた。

どうやら職員全員でモンスターの解体にあたることにしたようだ。

職員達はモンスターに解体用のナイフを突き立てると、体内から魔石を取り出していった。何というか、普通にグロテスクな光景だ。

「明日の朝には解体が終わっていると思います。査定はその後になるので、お昼位に、素材買取カウンターに立ち寄りください」

男性は思い出したかのようにそう言うと、解体作業に戻っていった。

とりあえず素材の買い取りをお願いできた俺は、ギルドカードを作るために、再び冒険者ギルドへ向かう。

ギルドの中は先程より人が減り、受付も落ち着いているようだった。

それでも冒険者ギルドには、まだまだ大勢の冒険者の姿があるのだが……。

どうやら、俺が初めに冒険者ギルドに向かった時間帯は依頼書が掲示板に貼り付けられる時間で、ある意味一番忙しい時間帯だったらしい。

冒険者ギルドの依頼は、基本的に早い者勝ちである。

マデイラ王国の冒険者ギルドでは、依頼書が張り出されるとともに取り合いとなることが多く、そのため依頼書が張り出される時間帯はどうしても混みあってしまうみたいだ。

それにしても、この混み様は異様である。

聞き耳を立ててみると、どうやら素材採取やモンスター討伐など、迷宮がらみの依頼を引き受けた冒険者を中心に、その依頼を達成することができず帰ってくるケースが続出しているらしい。それも昨日から……。

おそらく、俺が迷宮核《コア》を取り上げたことにより、迷宮がただの洞窟と化したため、依頼にあるモンスターや素材が出現しなくなってしまったのだろう。

思わぬところで迷惑をかけてしまったようだ。

とはいえ、マデイラ大迷宮以外にもモンスターが出現する場所はあるはずだし、そちらへ素材を取りに行けばいいだろう。

そして、俺はどうせ近々この国から出国する予定なのだ。だんまりを決め込むに越したことはない。

少しだけ申し訳ないと思いつつ、ひっそりとその場を離れ、ギルドカードを発行するため、受付に向かう。

これがないと、出国も、まだ見ぬ別の国への入国もままならない。

俺はあたりを見渡すと比較的空いている列に並ぶことにした。

どうやらこの列は、依頼の受注や達成の報告、ギルドカードの発行を主とするところらしい。

並ぶこと数十分、ようやく俺に順番が回ってきた。

「ようこそ冒険者ギルドへ。まずはこちらの席にお座りください。本日はどのようなご用件でしょうか？」

「ギルドカードの発行をお願いします」

「承知いたしました。それではこちらの書類をご確認ください」

お姉さんはそう言って、ギルド加入に際しての注意事項が書かれた紙を差し出してくる。

すると、厳《いか》つい見た目の冒険者が俺に向かって近付いてきた。

「おいおい、こんなガキが冒険者になるだと？　冒険者も舐《な》められたものだな……自分の力量もわからないお前みたいなガキがいるから、冒険者ギルドの質が落ちるんだよ！」

受付のお姉さんから説明を受けている最中だというのに、いきなり難癖を付けてくるとは……。

この人、ちょっと面倒臭い人のようだ。ここは関わり合いにならないに限る。

受付のお姉さんもスルーしてるみたいだし、問題ないだろう。

「えっと、何を記入すればいいんですかね？」

俺が難癖を付けてきた冒険者を無視して書類の確認を進めていると、男は唾を飛ばしながら怒鳴り声を上げた。

「聞いているのかテメェ！」

「……え～っと、申し訳ございません。ちょっと待っていてもらえますか？」

あまりにもしつこいので、冒険者ギルドの受付のお姉さんに謝りつつ、俺に難癖を付けてきた厳《いか》つい男に用件を聞いてみることにした。

これが異世界系の小説で冒険者ギルドに入ると必ず起きると言われているテンプレというやつだろうか？

まさか自分がそんな場面に遭遇するとは思いもしなかった。

絡んできた冒険者の顔をよく見てみると、先程路上で酒瓶を持っていた、カマ・セイヌーという男だった。

あの場では関わると碌《ろく》なことがないと思い、無視したんだけど、結局絡まれてしまった。

「すみません。俺はギルドカードを作りにきただけなのですが、何か気に障《さわ》ることでもしましたか？」

「何か気に障ることでもしましたか、だぁ？　さっきから言ってるだろ、自分の力量もわからないお前みたいなガキが冒険者登録をすると、冒険者の質が落ちるんだよ！　冒険者ギルドの先輩の意見を聞かないどころかシカトするとは、いい度胸じゃねぇか！」

「まだこちらは冒険者になっていないので、先輩や後輩もないと思うのですが……」

「ごたごた五月蠅《うるさ》いんだよ！　屁理屈《へりくつ》ばっかりこねてんじゃねぇ！」

どうやら話が通じないタイプの人間のようだ。路上でこの人が登録したての冒険者に絡んでいるのを見た時から思っていたけど、とんでもない人に絡まれてしまった。

とにかく、冷静に対応しよう。

「それで、あなたの要求は何ですか？　僕は初めて来たので、冒険者ギルドのルールがよくわからないのですが……そもそも、冒険者になるのにあなたの許可や意見が必要なんですか？」

すると、この質問が怒りにふれたのか、カマ・セイヌーさんは顔を真っ赤にして声を張り上げた。

「ああっ⁉　舐めたことを言ってんじゃねーぞ！　俺様は、お前みたいなガキがギルドに入る価値があるか、ギルドに代わって審査してやってるんだよ！　ガキが冒険者ギルドに加入してどうするんだ？　ああっ？　何ができるんだよ！　おい！」

ずいぶんと憤慨《ふんがい》しているようだ。

何に対して憤りを覚えているのかはわからないが、カマ・セイヌーさんはもっとカルシウムを取った方がいい気がする。例えば卵の殻《から》とか……。

「受付のお姉さん。この冒険者の方には、俺の冒険者ギルド加入の可否を決める権利があるんですか？」

俺の質問に、受付のお姉さんは首を横に振りながら答えてくれる。

「いいえ、カマ・セイヌー様にそんな権利はありません。冒険者ギルドとしては、最低限の条件さえクリアすれば問題なく登録することができます」

「最低限の資格とはなんですか？」

「十五歳以上の成人で、一年以内にランクを一つ上げること、登録手数料として銀貨一枚の支払いをしていただくことが最低限の条件となります」

どうやら、この世界の成人は十五歳からのようだ。初めて知った。

そして受付のお姉さんは、カマ・セイヌーさんに注意をしてくれる。

「カマ・セイヌー様。この方はまだギルドカードの発行をしていない民間人です。冒険者ギルドとして、これ以上この方に絡むことを禁止します」

「チッ！　わかったよ！」

受付のお姉さんが注意を促すと、カマ・セイヌーさんは舌打ちをしながら引き下がっていった。

「申し訳ございません」

「いえ、ありがとうございます」

俺がお礼を言うと、受付のお姉さんが心配そうな表情を浮かべた。

「ギルドカードの発行とともに、当冒険者ギルドに加盟することとなります。今、登録すると、カマ・セイヌーさんが必ず絡んでくると思うので、ギルドカードの発行は日を改めて行った方がよろしいのではないかと思うのですが、いかがいたしますか？」

うーん、余計な騒動を起こさないためにも、日を改めてギルドカードの発行をした方がいいんだろうけど、別の日に来ても、また絡まれそうな気がする。

なにより、こんなところで出国準備の邪魔をされたくない。

「お心遣いありがとうございます。ギルドカードの発行についてですが、できれば本日、発行だけしていただき、明日受け取りに来る形をとりたいのですが問題ないでしょうか？」

受付のお姉さんは、「仕方がありませんね」とため息をつきつつも、ギルドカードの発行手続きをしてくれた。

「それではギルドカードの作成をいたしますので、こちらの羊皮紙《ようひし》に必要事項の記入をお願いいたします」

「はい。え～っと、佐藤悠斗、年齢は十五歳っと……」

俺が必要事項を記入していると、受付のお姉さんが水晶玉のようなものを用意する。

「この水晶玉は魔力の波長をギルドカードに登録するものです。必要事項の記入が終わったら、こちらの水晶玉に手を当ててください」

受付のお姉さんに言われた通り、俺が手を当てると、水晶玉がぼんやりと輝き出した。

魔力の波長は指紋のように個々人毎に違うため、特定の個人をしっかり登録できるそうだ。

「登録には時間がかかりますので、その間に冒険者ギルドについて説明を行いたいと思います。当冒険者ギルドはランク制を導入しており、Gランクから順に、F、E、D、C、B、A、Sと上がっていきます。悠斗様の場合、Gランクからのスタートで、依頼自体はワンランク上のFランクのものまで受けることができます。今のランクよりワンランク上の依頼を複数回こなすことでランクが上がりますが、同ランクの依頼を受け続けた場合、会員ランクを上げることができませんのでご留意ください。何か質問はございますか？」

質問か……そうだな。

「依頼はどこで受ければいいですか？」

「そちらの壁に、ランクごとに分かれた依頼ボードがありますので、依頼を受ける際に、ボードから依頼書を剥がし、受付までお持ちください」

「依頼を受ける前にモンスターを討伐していても、該当する依頼書があれば、その依頼を達成したことにできますか？」

「はい。問題ございません」

「それは、Gランク冒険者がFランク、Eランク、あるいはそれ以上のランクの依頼にあるモンスターを倒したとしても、有効ですか？」

「Fランク相当でしたら有効です。しかし、Gランク冒険者が、Eランク以上のモンスターを倒した場合、ランクを上げることはできませんのでご留意ください」

おそらく迷宮で俺が倒したモンスターの中には、Fランク相当以上のモンスターも相当数あるはず。

依頼達成として扱ってもらえるなら出したほうが得だと思ったが、それはできないようだ。

「もし、高ランクの冒険者と、協力して依頼を達成した場合、ランクは上がりますか？」

「状況にもよりますが、その場合、基本的にランクアップの対象外となります」

とにかくFランクの依頼を受けるようにしないとランクアップは望めないわけか、なるほど。

「依頼達成時の報酬はどこで受け取るんですか？」

「通常、依頼達成時の報酬は、冒険者ギルドの受付で依頼達成を確認し、報酬受取カウンターで支払いが行われます」

なるほど、受付で報酬をもらうわけではないようだ。

「仮にですが、名前を変えて登録することはできますか？」

「いえ、ギルドカードは、冒険者ギルドがギルド会員の身元を保証するものです。そのため本名以外の登録は認めておりません。偽名《ぎめい》での登録が発覚した場合、最悪除名処分となる可能性があります」

そうじゃないと身分証として成り立たないか。

「ひとまず、聞きたいことは聞けましたので大丈夫です、ありがとうございます」

「それでは、こちらが悠斗様のギルドカードとなります。紛失された場合、再発行に銀貨五枚の手数料がかかりますのでお気を付けください。またギルドカードの作成は済んでいますが、銀貨一枚とギルドカードを交換するまでは、冒険者ギルド会員とは認められません。こちらの控えをお持ちください。明日いらっしゃった際に、控えと銀貨一枚を受付に提出していただければすぐに交換いたしますので……」

「ありがとうございます」

俺は受付の席を立ち、宿に戻るため出口へ向かう。

すると、進路を阻《はば》むように、カマ・セイヌーさんとその取り巻き二十名位が立ち塞がった。

9　二十対一の決闘

「おい小僧、ギルドカードを発行してもらったようだな。だが、お前みたいなガキがいると冒険者ギルドの質が落ちるんだよ！　今すぐギルドカードを返してこい……そうしたら、さっきの礼儀のなっていない口の利き方には目を瞑《つむ》ってやるよ」

カマ・セイヌーさんの言葉に、俺はため息をつく。

「先程受付のお姉さんが話してくれたように、冒険者ギルドに登録するための最低条件は満たしているのでお断りします。それにまだ俺は冒険者ではありません」

「テメェはさっき、ギルドカードを作りにきたと言っていたじゃねーか！　わけがわからねぇことぬかすんじゃねぇ！　いいからサッサとギルドカードを返してこい！　それともなんだ？　お前みたいなガキが一年でFランクに昇格できるとでも本気で思っているのか？　笑わせてくれるじゃねーか！　お前ごときに、ゴブリンやオークを倒せるわけねえだろ！　そうだよなぁ、お前ら！」

「おお！　まったくだ！」

「マデイラ王国の冒険者ギルドにGランク冒険者なんて要らねーんだよ！」

「こんなガキにゴブリンやオークが倒せるなら、俺達はワイバーンだって一人で倒せるぜ！」

カマ・セイヌーさんの後ろにいる外野の冒険者達もガンガン煽ってくる。

ずいぶんな言われようだが、この人達のランクはどうなんだろう？

「失礼ですが、カマ・セイヌーさん達のランクはなんでしょうか？」

「ああっ？　Cランクだよ。ここにいる連中はみんなCランク以上の冒険者だ！　冒険者ギルドは、お前みたいなGランク冒険者がいていい場所じゃねぇんだよ！」

なんだカマ・セイヌーさん自身もCランクか……これだけ高圧的にくるからには、この人だけはランクがもっと上なのかと思ってた。

というか、あの口ぶりだと、Cランク冒険者でもワイバーンを一人で倒すことができないんだ。

俺の収納指輪の中には『マデイラ大迷宮』で倒した五十体のワイバーンが入っている。

Cランク冒険者が一人で倒せない程のモンスターであれば良い値段で売れそうだ。

とりあえず、この人達に構っていても時間の無駄だ。ここは適当に持ち上げて、さっさとここを立ち去ろう。

「いやー凄いですね。Cランクですか！　俺もカマ・セイヌーさんのように早くランクを上げて冒険者として活躍できるよう頑張んなきゃいけませんね！　それでは、俺はこれで失礼します」

「はっ、まあな。お前もこれから頑張ってランクを上げて……って、何をふざけたことを言っていやがる！　テメェ、逃げようとしてんな⁉」

チッ！　鳥みたいな髪型をしている癖に頭の中身はちゃんと詰まっていたらしい。はぐらかすことができなかった。

「いえいえ、馬鹿になんてしていません。俺はただ純粋に思ったことを口にしただけです」

するとカマ・セイヌーさんの後ろにいた外野の冒険者達が俺の表情から心を読んできた。

「おいおい、カマ・セイヌー。お前あのガキにいいようにあしらわれてるぞ。あの顔を見てみろよ。鳥みたいな頭して脳みそはちゃんと詰まってるなとか絶対思っているぜ」

それを聞いて、カマ・セイヌーさんは再び激昂する。

「なんだと、テメェ！　俺様を馬鹿にするんじゃねえ！　……よし、決闘だ。俺に負けたら大人しく冒険者を辞めろ！　なあ、お前ら！　こんなガキに馬鹿にされて悔しくねぇのかよ！」

カマ・セイヌーが後ろにいる外野の冒険者達を煽っていく。

「生意気なガキだ、カマ・セイヌー！　やっちまえ！」

「そうだ！　目障《めざわ》りなんだよ、Gランク！」

「テメェみたいなガキが冒険者だと！　笑わせるな！」

俺はため息をつくと、冒険者ギルドの職員さん達に向かって話しかける。

「はぁ……皆さん。これ止めてくれませんか？」

すると、冒険者ギルドを代表してか、受付にいる男性職員が俺の申し出に答える。

「冒険者同士の諍《いさか》いは、ギルド不介入となります。申し訳ございません」

いや、俺さっき言った通り、まだ冒険者じゃないんだけど……。

「あの～、すいません。俺はまだ冒険者じゃないんですけど、それでも決闘を受けなければいけないんですか？」

もしかしてあの男性職員は、俺はギルドカードを受け取っていないことを知らないのだろうか。

これでは、カマ・セイヌーさんに絡まれないようお姉さんが対策してくれたのが水の泡だ。

俺の言葉に、受付をしてくれたお姉さんが席を立ち、男性職員に何か耳打ちしようとしてくれた。

案の定、勘違いしている男性職員はお姉さんの発言を制し、俺に向かって返答する。

「あなたはギルドカードの発行をしていますね。ここに手続きした記録がある以上、その時点で冒険者ギルドに加盟したということ。であれば、何度も申し上げますように、冒険者同士の諍いですので、ギルド不介入となります」

その間も、受付のお姉さんは、男性職員に対して、必死に俺の弁護をしようとしてくれているけど、男性職員は全く聞く耳を持たない。

俺は深くため息をつくと、仕方がなく決闘のルールを確認することにした。

「そうですか……こちらも何度でも言いますが、俺はまだ冒険者ではないです。しかし、冒険者ギルドが不介入を謳《うた》うのであれば仕方ありません。一応、決闘のルールを確認させてください。例えば、その決闘とやらでカマ・セイヌーさんを殺してしまった場合、俺に罰則《ばっそく》などはありますか？」

俺の『カマ・セイヌーさんを殺してしまった場合』という言葉に、男性職員は一瞬驚いた表情を浮かべる。

「悠斗様がカマ・セイヌー様を殺してしまった場合ですか。有り得ないとは思いますが、基本的に冒険者同士による決闘に罰則はありません。むしろ、カマ・セイヌー様によって殺されたり、怪我《けが》をさせられたりする可能性の方が高いかと……早急に謝罪し、ギルドカードの発行を辞退された方がよろしいのではないかと愚考します」

どうやら、冒険者ギルドとしてこの場を収める気がないどころか、カマ・セイヌー側に従った方がいいと考えているみたいだ。

「わかりました。つまり、万が一、決闘の中で冒険者に危害を加えても罪に問われることはない。そういうことでよろしいですね？」

「はい、この出来事は、多くの方々が目にしています。もし、冒険者である悠斗様がカマ・セイヌー様の決闘を受けられた場合、たとえ、カマ・セイヌーさんを殺したとしても、あなたが殺されたとしても、どちらも罪に問われません」

「では、冒険者ギルドに加入していない者が冒険者ギルドの職員さんの判断で、Cランク冒険者と戦わされた場合はどうなりますか？　決闘は成立するのでしょうか？」

すると、男性職員はムッとした表情を浮かべる。

「仮定の話に答えることはできません。しかし、仮に一般人が冒険者と決闘し、死傷した場合、その冒険者は法に基づき処罰されるでしょうね」

最後に「まあ、一般論ですが……」と付け加えると、男性職員はそれ以上何も言わなくなってしまった。

俺は男性職員にお礼を言うと、カマ・セイヌーさんに視線を向ける。

「カマ・セイヌーさん。決闘を取り下げていただけませんか？　繰り返しになりますが、俺はまだ冒険者ギルドの会員ではありません。仮に一般人が冒険者と決闘し、死傷した場合、その冒険者は法に基づき処罰されると職員さんも言っています。もし、決闘を取り下げてくれない場合、明日から困ったことになるかもしれません。それでも、冒険者ギルドの脱退を賭けて決闘を申し込みますか？」

今の俺の発言を聞き、相当頭にきたようだ。カマ・セイヌーさんは、プルプルと震えながらこちらを睨みつけてくる。

「上等だテメェ！　テメェみたいなガキにやられたら、冒険者稼業《かぎょう》はおしまいよ。負けたらこっちも潔《いさぎよ》く脱退してやろうじゃねぇか！　なあ、お前達！」

取り巻き達が「そうだ、そうだ！」と雄叫びを上げる。

そして雄叫びが収まるのを見計らい、カマ・セイヌーさんが俺を受付へと呼び付けた。

「おい、テメェ！　こっちに来て、この誓約書《せいやくしょ》に誓いを立てろ！」

この誓約書は決闘を行う際に、冒険者ギルドに提出する申込書のようなものらしい。

誓約書には、これから俺とカマ・セイヌーさんら二十人が決闘を行い、負けた方は冒険者ギルドを辞める旨が記載されている。

俺一人に対してカマ・セイヌーさんら二十人ってどれだけ不平等な誓約なんだよ！

でも、裏を返せば、俺に挑んできた二十人を確実に冒険者ギルドから排除できるということでもあるのだが。

「今さら怖くなったのか？　あぁ⁉」

あまりにひどい内容に顔をしかめていると、カマ・セイヌーさんはそう言いながら俺に誓約書とペンを渡してくる。

「最後にもう一度だけ言わせてください。冒険者ギルドの職員の皆さん、もし万が一、俺がこのカマ・セイヌーさん達を倒した場合、二十人近いCランク冒険者が、このギルドを去ることになります。本当によろしいんですね？」

「…………」

俺の最後の問いかけには誰も答えなかった。冒険者ギルドの職員はこの決闘を止めるつもりはないらしい。

そうですか、そうですか……。

「わかりました。決闘を行う場所に案内してください。ああ、その前に、冒険者ギルドの……代表の方だけで結構です。そちらはこの決闘に不介入であることを、この誓約書に追記してください」

「それでは、私、チャゴスが追記いたします」

そう言うと、先程から俺の発言を疑い続けている男性職員が、冒険者ギルドは不介入である旨を追記してくれた。もちろん拇印《ぼいん》を押させることも忘れない。

「さあ、訓練場に行くぞ、テメェら！」

カマ・セイヌーは取り巻き達に向かってそう吠《ほ》えると、冒険者ギルドの地下にある訓練場へと向かっていく。

「すみません。冒険者ギルドの職員のどなたか、決闘に立ち会っていただいてもよろしいでしょうか？」

二十対一じゃ多勢に無勢だからね、中立的な立場の立会人がほしい。

「わかりました、それでは、私が立会人を務めます」

そう言って、先程誓約書にサインをしてくれたチャゴスさんが立ち会いを申し出てくれた。

俺が訓練場に着くと、カマ・セイヌーら二十人がそれぞれ武器を持ち、待ち構えていた。

Gランク冒険者だと勘違いされている一般人を囲む、Cランク以上の冒険者二十人の図の出来上がりである。

どうやら決闘を見に野次馬もやってきたようで、訓練場には結構な数の人がいた。

「武器は、個人のものを使用してもいいんですか？」

「もちろんです。これは訓練ではなく決闘ですから」

俺は「なるほど」と呟くと、『私の商会』で購入した冒険者セットに入っていたナイフを手にする。すると、それを見たカマ・セイヌーが笑い出した。

「おいおい、そんなナイフで俺達とやりあう気かよ……まぁいい、死んでも知らないからな」

二十人で俺を取り囲んでおいて、よくそんなことが言えるものだ。

「面白いことを言いますね。ここまで一方的に話を進めておいて、今さら俺の心配ですか。そもそも『決闘だ！』とか叫んでおきながら、一対一じゃなくて、二十人掛かりで挑んでくる人達がそんな殊勝なわけないですよね。もしかして、俺に負けるのがそんなに怖かったんですか？　だったら、最初から因縁《いんねん》なんてつけて来なければよかったのに……」

「テメェ……よほど死にたいようだな……」

俺の煽りを聞いたカマ・セイヌーさんの額《ひたい》に青筋が浮かぶ。

「お二人ともそこまでにしてください。それでは本決闘の内容を再度確認します」

チャゴスさんはそう言うと、俺とカマ・セイヌーさんを見る。

「決闘は、悠斗様と、カマ・セイヌー様を含む二十人で行います。勝敗は、相手が死ぬか降参することで決まり、負けた方は冒険者ギルドを脱退。その際、再加入は認めません。それでよろしいですね？」

俺の場合はまだ入っていないから脱退ではないんだけど……。

「おい！　説明はいいからさっさと決闘を始めさせろ！」

説明に焦《じ》れたカマ・セイヌーさんがチャゴスさんに怒鳴り声を上げる。

カマ・セイヌーさんに怒鳴られているのを気にしていないのか、チャゴスさんは俺の方を振り向くと忠告してきた。

「悠斗様、今であればまだ冒険者ギルドから脱退するだけで済みます。本当によろしいのですね？」

「今さら何を言っても意味がなさそうなので……カマ・セイヌーさんの言う通り、決闘を始めてください」

「――仕方がありませんね……それでは、始め！」

チャゴスさんの合図とともに、カマ・セイヌーさん達二十人の冒険者が俺をとり囲み、剣や槍を振り翳す。

俺は冷めた目でカマ・セイヌーさん達を一瞥し、手の平を地面に向けた。

「『影縛《バインド》』、『影串刺《スキュウア》』」

俺は襲い掛かってくる冒険者達を『影縛《バインド》』で動けなくし、彼らの身体に沿うように大量の『影串刺《スキュウア》』を生やした。

カマ・セイヌーさん達の武器や防具は『影串刺《スキュウア》』により勢いよく突き上げられ、穴だらけの無残な形となって、カランッ、カランッと音を立て訓練場の床に落ちていく。

カマ・セイヌーさん達は何が起きたかわからない様子だ。ただただ、身体を動かすことのできない状況に、目を白黒させている。

俺はゆっくり歩いて、カマ・セイヌーさんの首筋にナイフを突きつけた。

「口を動かすことはできますよね。降参しますか？」

「テ、テメェ、何しやがった！」

「秘密です。それよりこちらの質問への答えは？　今なら冒険者ギルドを脱退するだけで済みますよ？」

「ふざけんじゃねぇ！　降参するわけがねぇだろ！」

カマ・セイヌーさん達は口々にそう言うと、この状況をなんとかしようと身体を動かす。

しかし、当然のように身体に沿う形で生やした『影串刺《スキュウア》』から逃れることはできない。

俺以外の誰がこの状況を予想しただろうか。

決闘を一目見ようと訓練場に来ていた野次馬《やじうま》や立会人のチャゴスさんが、呆然とした表情を浮かべている。

「本当は穏便《おんびん》に済ませたかったのですが……」

俺はそう呟いて、カマ・セイヌーさん達に先日手に入れた『属性魔法』を試すことにした。丁度いい機会だしね。

とりあえず、カマ・セイヌーさん達が暴れないように『影串刺《スキュウア》』の形を変えて作った影の檻《おり》に閉じ込めた。

「なっ、何しやがる！」

突然、影でできた檻に閉じ込められたことで、カマ・セイヌーさんが少し慌てた表情を浮かべている。さっきまでの威勢の良さはどこにいってしまったんだろうか？

「降参しないのであれば仕方がありませんから……したくなったら言ってください」

俺はそう言って、カマ・セイヌーさんの取り巻きの一人を影の檻から解き放つ。

Cランク冒険者はそこそこの実力を持っているはずなので、『属性魔法』を試すのに最適なはずだ。

「テメェ……俺だけ解放して何のつもりだ。まさか一対一なら勝てるとでも思っているんじゃねえだろうなぁ？」

先程、一対二十で俺に手も足も出なかったくせになにを言っているんだろう。

だいたい、これはあくまで俺にとっては『属性魔法』の練習だ。こちらとしては、負けるとは思っていない。

カマ・セイヌーさんの取り巻きが、落ちている剣と穴の開いた盾を手に俺に斬りかかってきた。

「死ねやぁぁぁぁ！」

すかさず俺は『影縛《バインド》』で足を縛り上げ動きを阻害《そがい》すると、『属性魔法』の『火属性魔法』を試すことにした。まずは初級魔法の『火球《ファイアーボール》』を複数、投げつけるように放つ。

「甘いわ！　Gランクごときが Cランク冒険者である俺様を舐めるんじゃねぇ！」

そう言って、取り巻きは穴だらけとなった盾を構えたが、俺の放った『火球《ファイアーボール》』の一つが盾に開いた穴を抜けて、そのまま直撃した。

「な、何ぃぃぃぃ！　ぐ、ぐあぁぁぁ！」

男はそのまま悲鳴を上げて倒れる。

マジか……まさかこんな簡単に、Cランク冒険者を倒せるとは思いもしなかった。というより、穴の開いた盾を構えて『火球《ファイアーボール》』を防ごうとするなんて何を考えているんだ。

これじゃあ、ゴブリンの方がまだ魔法の練習になるような……。

そう思っていると、カマ・セイヌーさん達を閉じ込めている影の檻の中が騒がしくなっていた。

「俺を出せ」「早くしろ」だのと五月蝿い。

ひとまず、『火球《ファイアーボール》』を喰《く》らい倒れているCランク冒険者に『地属性魔法』で作った鍵穴のない鉄球付きの拘束具を取り付け、その辺に転がした。

それから、「俺を出せ」とさっきから五月蝿《うるさ》い冒険者を、影の檻から解放する。

するとすかさず、こちらを睨んできた。

「テメェ……！　俺達を檻に閉じ込めるとは、ふざけたことをしてくれる。だが俺様はそこに転がっている奴とは違う！　貴様に俺の力を見せて……お、おいやめろっ！　何をする気だっ！　ぐっ！　ぐあぁぁぁぁ！」

話が長かったので、『風属性魔法』の一つ、空気の塊を放出する『風弾《ウィンドバレット》』を撃つ。

今度は盾を拾う暇もなかったのか、数発の『風弾《ウィンドバレット》』をモロに身体に受け倒れていく。

弱めの『風弾《ウィンドバレット》』数発で倒れるとは……Cランク冒険者といっても、そんなに強くはないらしい。

これなら安心できると、次は一度に五人の冒険者を影の檻から解放してみる。

出てきた冒険者達は落ちている剣と盾を拾い一斉に襲いかかってくる。

「死ねやぁぁぁぁ！」

「なあっ!?　ぐふぅえっ！」

今度は『無属性魔法』を使って魔力の塊《かたまり》を作り、向かってくる冒険者の足元に置く。

怒りで注意が散漫になっていたからか、五人揃って見事それに引っ掛かり転んでいた。

俺はその機会を逃さず『地属性魔法』で作った鍵穴のない鉄球付きの拘束具で再び拘束すると、カマ・セイヌーさんを含む残りの面々を一度に解放した。

カマ・セイヌーさん達は今までの冒険者達と同じように、剣と穴だらけの盾を取り俺に向かってくる。

それまでの戦いから　何も学習していないみたいだ。

俺は『水属性魔法』で空気中の水分を集めると、カマ・セイヌーさん達の顔に向けて水の塊を放っていく。

「馬鹿がっ！　そんな魔法効くものかぁぁ……ぐぼがぁぁ！」

カマ・セイヌーさん達の顔面に、俺が放った水の塊が当たり、顔を覆う。

実はただの水ではなく、成分を調整して粘度《ねんど》の高いものにしていたので、カマ・セイヌーさん達は水の中で苦しそうな表情を浮かべていた。

そして数秒待つと、水の中でカマ・セイヌーさん達が膝を突きバタリと倒れた。

ヤバい！　やりすぎたっ！

俺は慌てて『水属性魔法』を解除し、カマ・セイヌーさん達の頬っぺたを数発引っ叩く。

すぐに「げほぉっ！　げほっ、げほっ！」と咳込《せきこ》みながらカマ・セイヌーさん達が意識を取り戻す。

危なかった。そのまま溺死《できし》させてしまうところだった……。

最後に、俺はカマ・セイヌーさん達が暴れないように、今までと同じく鍵穴のない鉄球付きの拘束具を取り付けると、周囲を見回す。

カマ・セイヌーさん達は俺の放った魔法の影響で火傷《やけど》を負ったり、裂傷《れっしょう》を負ったりと散々な様子だった。

俺は仕方がなく『聖属性魔法』でカマ・セイヌーさん達の傷を癒すことにした。

俺との決闘……という名の練習で死なれても夢見《ゆめみ》が悪い。俺はカマ・セイヌーさんの元に歩み寄った。

「まだ降参しませんか？」

「も、もうやめてくれ……」

いや、そんなことは聞いていない。

「えっ？　降参しますか？　しませんか？」

「降参する。だからもうやめてくれ……」

カマ・セイヌーさん達に戦意はもうないようだ。

「わかりました。それでは、勝敗は決しましたので、彼らの脱退手続きをお願いします」

俺がそう言ってカマ・セイヌーさんから視線を移すと、チャゴスさんは引《ひ》き攣《つ》った笑みでこちらを見る。

「わ、わかりました……少々お待ちください……」

そして、そう言い残すと引き攣った笑みを浮かべたまま、訓練場を出ていった。冒険者ギルドとしては、やはり二十名のCランク冒険者が一気に脱退するのは見過ごせないはずだ。

となるとおそらく、この状況をなんとかしようと、自分より上の責任者を呼びに行ったのだろう。

だから忠告したのに……。

俺が最初に確認した時、ギルドが仲裁に入っていれば、カマ・セイヌーさん達は冒険者ギルドを脱退せずに済んだ。これは再三にわたって忠告していたのに不介入を貫いた冒険者ギルドが悪い。

そんなことを考えていると、ドタドタと音をたてながら、歴戦の冒険者風の厳《いか》つい顔の男性が、訓練場に入ってきた。

10　冒険者ギルドのギルドマスター

「おい、チャゴス？　どういう状況なんだこれは、説明しろ！」

「はっ、はい！　ギルドマスター」

どうやらチャゴスさんが連れてきた男は、ギルドマスターらしい。

チャゴスさんの隣にいるギルドマスターは事のあらましを説明されているが、すっかり困惑しているようだ。

そうリアクションするのも頷ける。

なにせ、訓練場に来てみたら二十人もの冒険者全員が、首や手足に拘束具を付け、転がされているのだ。

はっきり言って意味がわからないだろう。

俺自身も、呼び出されていきなりこんな光景を見せられたら、さぞかし困惑するはずだ。

チャゴスさんの説明が終わったのか、ギルドマスターが俺に近寄り、話しかけてきた。

「そこの少年、これは君がやったのか？」

「はい、そうです。カマ・セイヌーさん達に決闘を申し込まれたので、その相手をいたしました」

「そうか……それで？　なんでこいつらは拘束具を付けているんだ？」

「誓約書に記載してある通り、この決闘は冒険者ギルドの脱退を賭けたものです。そのため、勝負に負けた彼らが冒険者ギルドを脱退するまでの間、暴れたり、逃げたりすることができないようにと決闘中に拘束させていただきました。何か問題がありますか？」

俺が淡々《たんたん》と答えると、ギルドマスターはたじろぎながら言葉を続ける。

「う、うむ……俺も来たわけだし、あのままだと少し可哀相《かわいそう》だ。できれば、拘束を解いてやってほしいのだが……」

「それはできません。自分達の勝手な言い分で俺に絡んでくるような連中ですよ？　何かあったら危険じゃないですか。拘束を解くなら自分達で勝手にやってください。そもそも、彼らの拘束は決闘中に行ったものです。例えば、冒険者ギルドでは決闘でケガをした場合、決闘後に傷を治してくれるんですか？」

「いや、しないな……基本的に冒険者同士の諍いに対し、ギルドは中立的な立場を保っている。だが、君も同じ冒険者なら……」

ギルドマスターも思い違いをしているようだ。この感じだと、チャゴスさんは、俺が『冒険者』だと説明したのだろう。

「えっ？　俺は冒険者じゃありませんよ？　そのことはチャゴスさんに何度も言いました。ギルドカードも受け取ってません」

「な、なに？」

ギルドマスターは驚愕の表情を浮かべる。

「何度も言っていますが、俺は冒険者ではありません。カマ・セイヌーさん達はそんな俺を逃げられないように取り囲み決闘を申し込んできたんです。Cランク冒険者達が、一般人である俺を取り囲んで決闘しろと脅迫してくるんですよ？　しかも職員さんに助けを求めても我関せずと不介入を貫く始末、そんな風にこちらの言い分を聞いてもらえない状況で、カマ・セイヌーさん達の拘束を解くわけがないじゃないですか」

たしかに、俺はギルドカードを作りに冒険者ギルドにやってきた。

ただ、ギルドカードの受け取りは明日である。

受付のお姉さんの言葉を借りれば、銀貨一枚とギルドカードを交換するまでは、冒険者ギルドの会員とは認められない。そう言っていたのに、こんなことになるなんて……。

「それにしても、冒険者ギルドって怖いところですね。まさか、Cランク冒険者が一般人である俺に因縁つけて決闘を申し込んでくるとは思いもしませんでした。受付のお姉さんは、カマ・セイヌーさん達にちゃんと注意してくれたんですが、そちらのチャゴスさんはいくら言っても何もしてくれなくて……」

頑《かたく》なに俺やお姉さんの言葉を聞こうとしないんだから、仕方がない。

ギルドマスターに睨まれて、チャゴスさんは視線を逸らす。

ギルドマスターはその反応を見て、コメカミをピクピク痙攣《けいれん》させながら頭を下げてきた。

「ぐっ、それは申し訳ないことをした。冒険者ギルドとして謝罪する」

「もう終わったことなので、言葉だけのお詫《わ》びはいりません。自分で対処することができましたし、こちらとしては、カマ・セイヌーさん達、二十人の冒険者を冒険者ギルドから脱退させてくれるだけで十分です。あっ、報復が怖いので俺への接近を禁止してくれると助かります」

するとギルドマスターが苦渋《くじゅう》の表情を浮かべる。

「彼らを冒険者ギルドから脱退させることはできない」

「どうしてですか？　決闘前に、負けた方は冒険者ギルドを辞める旨を記載した誓約書を取り交わしています。なんなら、冒険者ギルドは不介入であることもそこにいるチャゴスさんが追記してくれました。あの誓約書は、決闘後でもどちらかが嫌と言えば守らなくてもいいような類《たぐい》のものなんですか？」

「いや、誓約書で交わした内容は絶対だ。本来なら、必ず履行しなければならない」

「だったら、問題ありませんよね？」

ギリッと唇を噛み、苦々しい顔をするギルドマスター。

「申し訳ない。どうかこいつらを許してやってくれないか？　冒険者ギルドの長《おさ》として、Cランク冒険者二十人の脱退は見過ごすことができないんだ……」

「う～ん。じゃあ、今から言う条件を呑んでくれるなら誓約書を取り下げてもいいですよ」

そう言うと、俺は誓約書を取り下げるにあたり約束してほしいことを紙に書き記し、ギルドマスターに渡した。

紙にはいくつかのルールをこんな感じで記載した。

・冒険者が一般人に絡むことがないようにすること。
・俺と冒険者との間のトラブルはギルドが面倒を見ること。
・俺に対する嫌がらせ、誹謗中傷《ひぼうちゅうしょう》などは控えること。
・これらを速やかに冒険者ギルドに周知し、徹底すること。
・これらを守らない冒険者に対しては罰則を設け適用すること。
・今回のあらましを、冒険者ギルドだけではなく、一般の方にも周知すること。

ギルドマスターが紙を凝視《ぎょうし》し頷く。

「ぐっ……！　わかった。必ず、履行する。周知徹底もさせるし、罰則も設ける」

「ありがとうございます。それでは誓約書の取り下げには同意しますので、カマ・セイヌーさん達のギルド脱退は必要ありません……ところで、ケガをしなかったとはいえCランク冒険者が一般人に暴行を働こうとしたんです。当然罪になりますよね。どんな罪に問われるんですか？」

俺の質問にギルドマスターは再び苦い表情を浮かべる。

「通常であれば、暴行罪だ」

「誓約書を取り交わすことを強要し、二十人で一般人を取り囲んで、剣や槍で斬りつけようとすることが暴行罪ですか？」

俺が呆れて言うと、冷や汗をかきながらギルドマスターが答える。

「い、いやそれは脅迫《きょうはく》と傷害罪だ……」

「その場合、どんな罰則が適用されるんですか？」

「白金貨二十枚の罰金刑だ。支払えない場合、返済が終わるまで借金奴隷として生きることになる」

白金貨二十枚——二百万円か。

「一般人を脅し、取り囲んで、剣や槍で斬りつけようとしたカマ・セイヌーさん達は、罪に問われるということですね？　じゃあ、今すぐ兵士の方を呼んできてください。拘束具もつけているし丁度いいですよね？」

これにはギルドマスターだけでなく、訓練場にいる野次馬達も「そこまでするのか」と若干引いているようだ。

正直俺もやりすぎかな？　とは一瞬思ったが、これ以上カマ・セイヌー達の被害者を出さないためにこれくらいやったほうがいいだろう。

Cランク冒険者が二十人もいなくなると困るから、誓約書を取り下げるよう話し合いをまとめたのに、このままだと奴隷堕ちしてギルドからいなくなる可能性がある。それでは交渉の意味がなくなるだろう。

カマ・セイヌーさん達も悲愴感《ひそうかん》溢れる表情をしていた。あの様子だと、そんな大金払えないと思っているのだろうか。

まぁ、それに関しては、ここに来る前に、俺と同じGランク冒険者を脅していたようだし、自業自得だ。

俺はそんな反応を無視して、言葉を続ける。

「それでは、後のことはよろしくお願いします。ああ、あと明日の朝、冒険者ギルドにギルドカードを受け取りにきます。もし、万が一、先程の条件が履行されていなかったり、ちょっかいを出してくる冒険者がいたりしたら、遠慮なく対処しますのでよろしくお願いします」

そう言うと、俺は『影転移《トランゼッション》』で冒険者ギルドを後にした。

◆◇◆◇◆

とある日の昼下がり、俺が自室で作業をしていると、なにやら部屋の外から俺を呼ぶ声が聞こえてきた。

「ギルドマスター！」

あの声はチャゴスか？　なんだ騒々《そうぞう》しい。

ドタドタという足音が、部屋の前まで来たかと思うと、俺の部屋の扉が強く叩かれた。

俺の返事も待たずにチャゴスが部屋に入ってくる。

「ギルドマスター！　たっ、大変なんです！」

「何だ急に？　どうした、まず落ち着いて話してみろ」

「た、大変なんです！　すぐに訓練場まで来てください！　決闘がっ！　とにかく大変なんです！」

大変、大変というだけでまったくもって要領《ようりょう》を得ない。何を言っているんだ、コイツ？

まあいい、とにかく大きな問題が訓練場で起きているらしい。

死人でも出たのか？

「わかった、わかった。すぐ行く」

席から立つと、チャゴスが俺の腕を掴み、訓練場へと引っ張っていこうとする。

流石に焦りすぎだろ、どんだけ重大なんだよ。

こんなチャゴス初めて見るぞ。

「わかったから引っ張るな。急いで訓練場へ向かえばいいんだろ」

コクコクと頷くチャゴス。

焦りすぎて言葉も出ないのか……何があったかを確認してから向かいたかったのだが仕方がない。

すぐに訓練場へ向かうと、そこには、鉄球付の拘束具をつけた二十人の冒険者と、少年が一人佇《たたず》んでいた。

なんだこれは、どういう状況だ？　全く意味がわからん……。

「おい、チャゴス？　どういう状況なんだこれは、説明しろ！」

「はっ、はい！　ギルドマスター」

チャゴスに事のあらましを聞いてみたが、正直、聞いているだけで頭が痛くなってくる。

「チャゴスよ。俺は、カマ・セイヌーに冒険者を審査するように頼んだか？」

「いえ、頼んでいません」

「だよな～。じゃあ、なんであいつはギルド登録したばかりの初心者に絡んだんだ？」

「わかりません。ただ、お前みたいなガキがいるから冒険者の質が落ちるんだよ、といったようなことは言っていました」

「よくわからんな。そもそもなんで、Cランク以上の冒険者二十人とGランク冒険者一人が決闘するなんてバカな誓約書を通したんだ？　誰がどう見てもおかしいだろ。あのバカどもを止めるのも冒険者ギルドの務めだろ？　何をお前は誓約書にサインしているんだ？」

「も、申し訳ございません。いくら窘《たしな》めても彼が謝罪しなかったので……」

本当に何を言っているんだ、コイツは？

「おい、誰が少年を窘めろと言った。それに、何に対する謝罪だ？　話を聞く限り、彼はどう考えても被害者だろ。今となっては加害者みたいな形になっているが」

「も、申し訳ございません……」

俺からの質問にチャゴスは、顔を青くし俯《うつむ》きながら答える。

「——もういい、直接少年に聞いてみる。お前はとりあえず下がっていろ」

チャゴスの振る舞いに呆れた俺は、少年に詳しい状況を説明してもらおうと声をかけた。

少年の話を聞く限り、カマ・セイヌーから一方的に決闘を申し込まれたのか。

一方の話だけで判断するのは良くないが、チャゴスの言っていたことと食い違いはないし、カマ・セイヌーの普段の言動から考えると、少年の言うことは事実だろう。

カマ・セイヌーは問題行動が目立つが、今回は喧嘩を売る相手が悪かったといったところか。

そこで俺は一つ、気になったことを聞く。

「なんでこいつらは拘束具を付けているんだ？」

ギルド脱退の約束を反故《ほご》にされないよう手を打った、と目の前の少年は淀みなく説明する。

向こうから問題あるかと言われたが……ないな。

あいつらは素行が悪いし、拘束を解いたら絶対暴れるだろう。

少年の考えもわからなくない。

とはいえ、カマ・セイヌー達をこのままにしておくのもよくないか……。

決闘の後にあまり遺恨《いこん》を残したくないからな。

「う、うむ……できれば、拘束を解いてやってほしいのだが……」

少し下手《したて》に出て頼んだが、少年は意外にも頑なに拒否する。

何かあったら危険だから、という言い分は納得できる。

しかしそうは言っても同じ冒険者なのだ。多少のハプニングは水に流してやってほしい。

そう伝えようとしたところで、その言葉は遮られてしまった。

「えっ？　俺は冒険者じゃありませんよ？　そのことはチャゴスさんに何度も言いました。ギルドカードも受け取ってません」

衝撃の事実だ。ここまでの話が根底から覆《くつがえ》るぞ。

なにせ、非戦闘員に冒険者が手をあげてしまったことになるのだから。

「な、なに？」

おい、聞いていないぞチャゴス……テメェ、後で覚えていろよ。

相談もせずに勝手にやりやがって、絶対減給処分にしてやるからな……。

少年の話を聞く限り、決闘までの話の流れは相当一方的だったみたいだ。

チャゴスはギルドカードを受け取ったと早とちりして、彼の言葉に耳を貸さなかったのだろう。

カマ・セイヌーも複数人で子どもを囲むとは大人げない。あいつにも後で灸《きゅう》をすえる必要があるようだな。まったく、面倒事ばかり起こしやがって！

ただ、身分はどうあれお前が一般人なわけがないだろ！　カマ・セイヌー達の武器や服がボロボロになっているじゃねーか！

チャゴスやカマ・セイヌー達に対する怒りで、頭がどうにかなってしまいそうだ……隣にいたらぶん殴っていたかもしれない。

自然と、手に力が入る。俺は、後ろで控えているチャゴスを睨みつける。

そして、少年の方に向き直り、コメカミを痙攣させながら頭を下げた。

「ぐっ、それは申し訳ないことをした。冒険者ギルドとして謝罪する」

俺が誠心誠意頭を下げると、少年は「カマ・セイヌー達を脱退させてくれればそれでいい」と言ってきた。

そうだった。この決闘が脱退を賭けたものだということを忘れていた。

だが、少年は簡単に言っているが、Cランク冒険者二十人を脱退させることはできない。

それは別にカマ・セイヌー達を優遇しているからとかではないし、むしろ連中の問題行動を考えると脱退させた方がいい。

ただ、あんなのでもCランク、冒険者ギルドの貴重な戦力であることは間違いない。さらにもう一つ、脱退させない大きな理由として、下手に力のあるモノを脱退させると、盗賊に身をやつす例が多いというのもある。

一般市民を守るためにも、これだけは譲れない。というか、今あいつらを脱退させてみろ、絶対盗賊になるぞ。そんなの火を見るよりも明らかだろうが……。

「彼らを冒険者ギルドから脱退させることはできない」

そう告げるが、それで納得してくれる程少年は甘くなかった。

当然と言うべきか、誓約書の話を持ち出されてしまう。

というか、この子供狡猾《こうかつ》すぎないか？

しかも、間違ったことは言ってないだけに、弁解の言葉が浮かばない……というか、なんで俺はチャゴスや、カマ・セイヌー達の尻拭《しりぬぐ》いをさせられているんだ⁉　ふつふつと怒りが湧いてくる。

俺は、ギリッと唇を噛み、交渉を続ける。

「申し訳ない。どうかこいつらを許してやってくれないか？　冒険者ギルドとして、Cランク冒険者二十人の脱退は見過ごすことができないんだ……」

脱退以外でそれなりの厳罰を与えれば、少年の溜飲《りゅういん》も下がるだろう。

こちらとしても、カマ・セイヌーをそのまま野放しにはしたくないからな。

そう考えていると、意外にもあっさり少年は引き下がってくれた。

「う〜ん。じゃあ、今から言う条件を呑んでくれるなら誓約書を取り下げてもいいですよ」

何事も言ってみるものだ。

すると、少年は誓約書を取り下げるにあたり約束してほしいことを、紙に書き記し、俺に渡してきた。

内容をザっと見て、軽い目眩を覚える。

し、仕事量が激増するじゃねーか⁉　全部チャゴスの野郎に回してやろうか⁉

いや、ダメだ。あいつには任せられない……俺がやるしかないか……。

俺は紙を凝視し答える。

「ぐっ……！　わかった。必ず、履行する。周知徹底もさせるし、罰則も設ける」

これでいいだろう。上手く説得でき、冒険者二十人の離脱を何とか防ぐことができた。

仕事量は大幅に増えてしまったが仕方がない……。

一件落着と思ったが、少年はまだ言葉を続ける。

誓約書の件とは別に、カマ・セイヌー達自身がやった行いは何か罪に問われるのかとのことだが。

罰則が白金貨二十枚の罰金刑で、支払えなかったら借金奴隷になると説明すると、少年は納得したように頷き、カマ・セイヌー達を兵士に引き渡す、と言い始めた。

おいおい、今までの話はなんだったんだ。

誓約書を取り下げてもらえる。そんな話じゃなかったのか？

あいつら貯金とかしてないだろうし……決闘に参加したCランク冒険者全員が借金奴隷になっちまうじゃねーか！

まぁ、借金奴隷扱いなら盗賊になることも、おそらく一般市民に迷惑をかけることもない。冒険者ギルドとしては痛いが、この際まあいいか？

い、いや、だがっ……。

結局冒険者ギルドの戦力が減ってしまうことには変わりないじゃないか！

俺が答えられずにいると、少年は話を進めてしまう。

「それでは、後のことはよろしくお願いします。ああ、あと明日の朝、冒険者ギルドにギルドカードを受け取りにきます。もし、万が一、先程の条件が履行されていなかったり、ちょっかいを出してくる冒険者がいたりしたら、遠慮なく対処しますのでよろしくお願いします」

「な、なに！　明日だと⁉　ちょっと待てっ……⁉」

思わず声を上げるが、既に少年は目の前からいなくなっていた。

き、消えただと……いや、これはスキルか？　まるで狐に抓《つま》まれたような気分だ。

あー、もうギルドマスター辞めたくなってきた。いっそのこと田舎《いなか》に引っこむか？　そうすればこの苦労ともおさらばできるかもしれない。

Aランク冒険者として名を馳せ、気付けばギルドマスターになっていた。のんびり余生を過ごすくらいの金もある。

まあ、そんなわけにもいかないか……冒険者ギルドの会員が一般人を囲んで決闘を申し込んだんだ。

仕方がない。あいつは明日の朝ギルドカードを受け取りにやってくる。それまでに、今回の一件を片付けないとな。

まぁ、あの約束の内容なら必ずしも兵士に引き渡す必要はないので、ギルドの戦力ダウンは防げるのが救いか。

冒険者ギルドにもメンツがある。本来なら一冒険者の要求すべてを呑むことはない。

だが、今回の場合は仮にもCランク冒険者の二十人が一般市民に手をあげてしまった扱いになる。

負けたから、ケガがなかったからといって、それでおしまいと済む問題ではない。

やりすぎなカマ・セイヌーの動きを抑止する意味でも必要だろう。

だが……こんなことをするのは今回だけだ！

何がギルドカードを受け取っていないからまだ会員じゃない、だ！　会員じゃなくても冒険者顔負けの実力を持っているんだから、もっと上手く収めることもできただろ……次はないからなっ！

11　私の宿屋最後の一泊

冒険者ギルドから、『影転移《トランゼッション》』を使って『私の宿屋』の近くまで戻ってきた。

本当は、ギルドカードを手に入れてから街の外で魔法の練習がしたかったけど仕方がない。

魔法の練習はカマ・セイヌーさん達で少しすることができたし、明日の楽しみに取っておこう。

それにしても、まさかチャゴスさんがギルドマスターを呼んでくるとは思いもしなかった。

あれだけ多くの人が集まるんだったら立会人なんて必要なかったのかもしれない。

そんなことを考えながら歩いていると『私の宿屋』に到着する。

この宿で生活するのも、マデイラ王国にいるのも今日を含めて後三日、明後日にはここを出ていかなければならない。

それにしても、異世界の宿屋のクオリティがこうも高いと、逆に物足りない部分に目がいってしまう。

そう、娯楽《ごらく》や甘味がないのだ。

あ～、元の世界の最新のゲーム機が欲しい。ボーリングやダーツもやりたいし、カラオケも歌いたい。

そしてなにより、甘味が欲しい。

今日の朝食に『カフワ』というものが出たのだが、それには砂糖やミルクが入っていた。

砂糖やミルクがあればお菓子くらいあってもいいと思うんだけど、なぜか俺が思っているようなスイーツが見つからない。

マデイラに来て以来、俺が出会った甘味と言えば、和三盆《わさんぼん》や金平糖《こんぺいとう》に似たものくらい。

他にも、砂糖菓子や砂糖漬けなど、元の世界で言うところのジャムやドライフルーツのようなものは見つけたけど、個人的には、クッキーやケーキ、わらび餅《もち》などが食べたい。

どうにかスイーツらしいスイーツを食べる方法はないものだろうか。

そういえば……今俺の収納指輪の中には『私の商会』で買った砂糖に、片栗粉や、そしてきな粉みたいな食材が入っている。

これなら、わらび餅に似たお菓子が作れるんじゃないか？

そうだ、お菓子がないなら作ればいいじゃないか！

たしか『私の宿屋』では、宿泊者用にキッチンを一室開放していたはずだ。

そうと決まれば、早速向かおう。

『私の宿屋』のキッチンは、小中学校の家庭科の授業で使ったことのある家庭科実習室のようなところだった。

調理テーブルが六つあり、それぞれのテーブルに、魔力を通すと水が出る水道のようなものと、コンロのようなものが付いている。

食器や調理器具は自由に使ってもいいようだが、残念ながら、冷蔵庫やオーブンといったものは見当たらなかった。

俺はその内の一つの調理テーブルを陣取り、収納指輪から片栗粉モドキ、砂糖、きな粉モドキを取り出していく。

たしか、片栗粉を使ったわらび餅の作り方はとても簡単だったように思う。

片栗粉五十グラムと砂糖三十グラム、水二百五十ミリリットルを鍋で混ぜて合わせてから、それを火にかけ、冷やすだけででき上がったはずだ。

ただ、冷蔵庫がないのが問題だ。俺は仕方なく『水属性魔法』で冷水を生み出して、わらび餅に似たお菓子の粗熱《あらねつ》を取ることにした。

あとは、きな粉モドキと砂糖を混ぜたものを上からかけるだけで完成だ。できれば黒蜜《くろみつ》もほしかったが、この周辺に黒砂糖はないようで手に入れることができなかった。これればかりは仕方がない。

作ったばかりのわらび餅モドキを手に取り口に入れると、懐かしい味が舌を刺激する。

正直、元の世界にいた頃は、そこまでわらび餅が好きだったわけでもなかった。多分、いつでも食べることのできる環境にいたからそうだったのかもしれない。

しかし、異世界に来て久しぶりに食べたわらび餅モドキは美味《おい》しかった。

満足した俺は、いつでも食べることができるように、量産して収納指輪に収めていく。

この中に収納しておけばいつでも美味しいわらび餅モドキを食べることができる。

せっかくだし、プリンも作ってみるか……。

たしかあれだ。卵二個と牛乳二百ミリリットル、砂糖五十グラムを混ぜて、オーブンに入れて焼くことでできたはずだ。

しかし、ここにはオーブンがないので、プリンの液を容器に入れ、蓋をし、湯煎して作ることにした。簡単にいえば茶碗蒸しのような作り方だ。

あとは水と砂糖を混ぜ加熱してカラメルソースを作り、『水属性魔法』で冷やしたプリンにかければ出来上がり！

出来立てのプリンを食べた俺は、思わず「うまい！」と少し大きな声を出してしまった。

作り方はうろ覚えだったから、分量や蒸す時間などに不安があった。

だから、実際に完成させられると嬉しいものがある。

プリンについてもわらび餅モドキと同じく、いつでも食べることができるようにたくさん作って収納指輪に入れていく。

わらび餅モドキとプリンを作り終えた俺は、器具を片付けるとキッチン全体に『生活魔法』の『洗浄』をかけ綺麗にしていく。

「さてキッチンの片付けも終わったし、そろそろ夕食かな？」

後片付けを一通り済ませ、食堂へと向かうことにした。スイーツと食事は別腹だ。

食堂に入ると昨日と同じように、様々な種類の料理が並んでいる。

俺はトレーに取り皿を載せ、思うがままに料理を盛っていく。

今日の料理も相変わらず美味しそうだ。

中でも美味しかったのが、『オークロースのロースト』だった。

大ぶりのオークロースは柔らかく、噛みしめると脂身の甘味がジュッと溢れる。

しっかりとした豚肉のような歯ごたえがあるのもよかった。

「すごいな……これだけの料理を朝夕食べることができて、一泊銀貨五枚か……」

それにあんな怖い顔をした二足歩行の豚がこんなに美味いとは……見かけにはよらないな。

料理を満喫した俺は部屋に戻って風呂を済ませると、バスローブに袖を通す。

そしてそのままベッドに飛び込みしみじみと呟いた。

「次に行く国にも『私の宿屋』があったら絶対利用しよう……」

俺はそんなことを思いながら眠りにつくのであった。


翌朝、目が覚めた俺は身体を起こし、「ん～っ」と背伸びをした。

起きた時のルーティンになっているせいか、これをしないと起きた気がしない。

軽く欠伸《あくび》をしながらベッドから立ち上がると、今日の予定を確認する。

今日は、冒険者ギルドでギルドカードを受け取った後、素材買取カウンターにお金を取りに行かなければならない。午後は、門の外で魔法の練習でもしてみよう。

俺は朝風呂で気分をリフレッシュさせてから食堂で朝食をとり、その足で冒険者ギルドへと向かった。

冒険者ギルドに着くと、昨日と同じように、たくさんの冒険者が列に並んでいる。

俺が一番空いている列に並び順番を待っていると、昨日の受付のお姉さんと目が合った。

こちらに目を合わせたまま、お姉さんが近付いてくる。

「おはようございます。悠斗様。少しよろしいでしょうか？」

「はい？　なんでしょう」

「ギルドマスターがお呼びです。ギルドマスター室まで来ていただいてもよろしいでしょうか」

正直あまり行きたくないけど、昨日のこともあるし仕方がない。

「はい、わかりました。ただ、今日はギルドカードの受け取りが目的ですので、先にそれを済ませてからそちらに伺うかたちでもいいでしょうか」

「それでしたら、ギルドカードは、そちらに届けさせていただきます。ですので、すぐ来ていただけるとありがたいのですが……」

えっ、持ってきてくれるの？　じゃあまあいいか、列に並ばなくても済むし……。

「わかりました。それでは、案内をお願いします」

そう言うと、受付のお姉さんは、ギルドマスター室まで俺を案内してくれた。

受付のお姉さんはドアをノックし、入室許可をもらうと、ギルドマスター室へと入っていく。

俺もそれに続き、部屋の中に入れば、ギルドマスターが机で書類と格闘していた。

「悠斗様をお連れしました」

「ご苦労、下がっていいぞ。ああ、後で飲み物と悠斗のギルドカードを持ってきてくれ」

「かしこまりました」

受付のお姉さんが一礼し、ギルドマスター室から出ていく。

「まあ、まずは座れ」

言われた通り俺がソファーに座ると、ギルドマスターが書類との格闘をやめて立ち上がり、目の前のソファーに腰掛ける。

「まあ、聞きたいことや言いたいことは山程あるが、まずはこれだ」

ギルドマスターが、ドサッとテーブルに革袋《かわぶくろ》を置く。どうやら大量の白金貨が入っているようだ。

「昨日、お前がギルドを去った後、決闘で負けた冒険者二十人を兵士に引き渡した。その後、一人当たり白金貨二十枚の罰金刑が科せられたが、全員支払うことができなかったので、仕方がなく俺個人の資産で肩代わりをすることにした。つまり、公的に奴隷になったわけではなく、俺に借金している状態だな。この白金貨は、お前への慰謝料《いしゃりょう》だ。受け取ってくれ」

テーブルに置かれた革袋の中を覗くと、白金貨四百枚が収められていた。

どうやら、この国では、罰金刑で取り上げたお金は被害者に支払われるらしい。

「ありがとうございます」

「まったく、あいつらもそうだが、お前も困った奴だよ。もっと自重《じちょう》することはできなかったのか？　お前がつけた拘束具を取り外すの大変だったんだぞ。ああ、あいつらの首には借金完済までの間、『隷属の首輪』を嵌《は》めることにした。自分の身を守る以外に人に危害を加えることはできないようにしてあるから安心してくれ」

ギルドマスターは相当不満が溜まっているらしい。

ソファーに座ってからというもの、貧乏揺すりが止まらない。

あの後、俺が言いたいことだけ言って『影転移《トランゼッション》』でさっさと帰ったから大変だったのだろう。

「どうもすみません」

ちょっと申し訳なくなって俺が謝ったところで、丁度よくドアがノックされる。

「失礼します。こちら紅茶と悠斗様のギルドカードをお持ちしました」

そう言って部屋に入ってきた受付のお姉さんからギルドカードを受け取った俺は、銀貨一枚を手渡す。

「これで、あなたは正式に冒険者ギルドの会員となりました。ようこそ、冒険者ギルドへ」

「ありがとうございます」

それを確認したギルドマスターは、ため息をついて口を開く。

「ああ、あと悠斗。もうこんな真似するんじゃないぞ。今後この街で何かあったら俺に言え。昨日のあらましの説明も、冒険者への周知も本当に大変だったんだからな」

どうやら俺が紙に書いて渡した内容をちゃんと履行してくれたようだ。見かけによらず良い人なのかもしれない。

「わかりました。そうさせていただきます」

とはいえ、もうここに来ることはないだろうけど……。

「話は以上だ。まあ、これからは冒険者ギルドの会員として精進《しょうじん》してくれ。改めて、ようこそ、冒険者ギルドへ、俺はお前を歓迎する」

そう言うと、ギルドマスターは右手を俺に向けてきた。俺はそれをしっかり握るように握手を交わす。

その瞬間、手が握り潰されるかのような感覚に陥った。あまりの痛みに「ぐっ」と声が出る。

「ぐっははは！　まあこれで勘弁してやろう！」

ギルドマスターが楽しそうに笑っている。

どうやら握手の瞬間、俺の手を強く握ったようだ。まったく、性格の悪いギルドマスターである。

「ありがとうございました。それじゃあ、失礼します」

そう言うと、俺はギルドカードを収納指輪にしまいギルドマスター室を後にした。

冒険者ギルドを出た俺は、素材買取カウンターへと向かった。

なにせもう昼である。そろそろ査定が終わっていてもおかしくない。

素材買取カウンターの扉を開けると、受付の男性が欠伸《あくび》をしている姿が見える。

あれだけ暇そうにしているなら、査定も終わっているだろう。

「すいません。素材の解体と査定をお願いした者なんですが、もう査定は終わっていますか？」

「あぁ、昨日いらっしゃった方ですね！　少々お待ちください」

そう言うと、受付の男性は、後ろにある扉に消えていく。

数分待つと、昨日対応してくれた男性がやってきた。

「お待たせいたしました。少々こちらへ来ていただいてもよろしいでしょうか」

ん？　ここで査定結果を教えてくれるんじゃないの？

「わかりました」

「では、こちらの部屋へどうぞ。奥の椅子にお掛けください」

そういわれたので、奥の椅子に腰掛ける。

「それでは、佐藤様、査定結果を纏めましたので、こちらをご確認ください」

受付の男性が手渡してきた査定結果の紙に目を通す。

全部で白金貨八十枚と金貨五枚か。

今回売ったモンスターでこの金額なら、指輪に収められた他のモンスターを出したらどれほどの金額になるのだろうか。

「いかがでしょうか。その査定結果は、魔石代込みで解体料は差し引いて計算しております。よろしければ、この価格で売っていただきたいのですが……」

そもそも適正価格なんてわからないし、元々、在庫処分のために出したようなものだ。

「わかりました。よろしくお願いします」

「ありがとうございます。それでは、こちらが白金貨八十枚と金貨五枚となります」

お金を受け取り収納指輪にしまうと、素材買取カウンターを後にする。

その足で、入手したばかりのギルドカードを持って南門に向かった。

この迷宮街は四方が壁に囲まれており、外に出るためには東西南北に設置されている門から出る必要がある。

今までは身分証が無かったため、国を抜ける以前にこの街の門を出入りすることができなかった。

しかし今は違う。ギルドカードを作成したことでようやく外に出ることができるようになった。

門に近付くと、門番が近寄ってくる。

「うん？　冒険者か？　外に出るならギルドカードを出してくれ」

俺は門番にギルドカードを渡すと、笑顔を向けながら話しかける。

「そういえば、ここって門限とかあるんですか？」

「ん？　門限？　ああ、門を閉じる時間ってことか？　いや、基本的に門限はないぞ」

「そうなんですか。それは他の国でも同じでしょうか？」

「う〜ん。基本的にどの時間でも門番が必ず一人はいるだろうから、門限のある国なんて聞いたことがないな」

どうやら出入り自体は常に可能なようである。

これなら時間を気にせず、他の国に移動することもできそうだ。

「うん、問題ないな。ほらギルドカードだ。外は危ないから暗くなる前には帰ってこいよ」

「わかりました。ありがとうございます」

とても気さくな門番だ。

多分、俺のことを子供だと思って心配してくれているんだろう。

俺はギルドカードを受け取り収納指輪に収納すると、南門の近くにある森へと向かった。

試しに『影探知《サーチ》』してみると、群れで行動するモンスターを数多く確認できた。

数にして、二千体位のモンスターが森に生息しているようだ。

これ、結構ヤバくないだろうか？　よくこの街襲われなかったな……。

冒険者ギルドでは、常設依頼として森にいるゴブリンやオーク、リザードの間引きが貼り出されている。しかし、街の外に狩りに行くよりも、迷宮で狩った方が比較的楽に狩れるためか、冒険者がその依頼を受けて街の外に出ることはほとんどない。

その結果、この森ではどんどんモンスターが繁殖《はんしょく》してしまったようだ。

とはいえ、魔法の練習をするには丁度良い。

俺は薄く影を延ばし『影探知《サーチ》』でモンスターの位置を捕捉《ほそく》すると、近くにいるモンスターの群れの元に向かい『影収納《ストレージ》』を発動させる。

最近、『影収納《ストレージ》』についてふと思ったことがある。

『影収納《ストレージ》』とは、影の中にモノを収納する影魔法。

『鑑定』によると生き物も収納可能で、影の中は時間経過があることがわかっている。

もし、この『影収納《ストレージ》』から、影の中の空気から酸素のみを取り出し、酸素のない『影収納《ストレージ》』の中に、生きたモンスターを入れた場合どうなるだろうか。

大半のモンスターは、他の生物同様、呼吸をする。まあ、スライムやアンデッドのような例外はあるけれども……ともかく、酸素のない『影収納《ストレージ》』の中にモンスターを収納してしまえば、簡単にモンスターを狩ることができるのではないだろうかと考えたのだ。

酸欠により死んだモンスターを収納指輪に移してしまえば、鮮度を保つこともできるしな。

ということで、まず『影収納《ストレージ》』から酸素を取り出す。そして再び『影探知《サーチ》』でモンスターを捕捉し、捕捉したモンスターの足下の影を対象に『影収納《ストレージ》』を発動させる。

すると、森にいるすべてのモンスターの反応が『影探知《サーチ》』から消えた。

うん。成功したみたいだ。モンスター達は俺の『影収納《ストレージ》』によって、何もわからないまま自分の影に呑み込まれていったことだろう。

あとは酸欠でモンスターが死ぬのを待つだけか……。

俺はモンスターが死ぬまでの間、森の土を使い『地属性魔法』で簡単な家を作ることにした。

なにせ、これからマデイラ王国を出て他の国へ行くのだ。道中何があるかわからない。

それに、どうせなら『初心者冒険セット』に入っていたテントではなく、ちゃんとしたところで眠りたい。

まぁ家といっても、土を圧縮して固めた壁や屋根、それからベッドの土台を作るだけだ。

「ふう。こんな所かな？」

気付くと、あたりが薄暗くなっていた。

俺は自作した家の完成度に満足すると、それらを『影収納《ストレージ》』に収納する。

やはり、モンスターも酸素を吸って生きていたようで、影の中からモンスターが生きている反応は全くしない。どうやら成功したようだ。

俺はモンスターの死体を収納指輪へ移していく。

というか、本当に『影魔法』はチートだな。

影さえ捕捉することができればそれを操って『影収納《ストレージ》』に捕らえることができるとか……初見で避けることは難しいし、ほとんど最強のユニークスキルじゃないだろうか？

これなら、モンスターや盗賊の生け捕りなども可能そうだ。

そんなことを考えながら、モンスターのいなくなった森を抜け、マデイラ王国の南門へと戻る。

門に着くと、門番が近寄ってきた。

「おっ！　ちゃんと帰ってきたな。一応規則だ、ギルドカードを出してくれ」

俺は門番にギルドカードを見せると、門を潜り冒険者ギルドへと向かうことにした。

今さっき狩ったモンスター達を常設依頼の達成として、報告するためだ。

お目当ての常設依頼を剥がすと、受付まで持っていく。

とりあえず、ゴブリンとホブゴブリンだけでいいかな。

「ようこそ冒険者ギルドへ。こちらの席にお座りください。常設依頼達成とのことですが、達成したのはどの討伐依頼でしょうか」

「はい、ゴブリンと、ホブゴブリンの討伐です」

「それでは、討伐したゴブリンとホブゴブリンを確認させていただきます。失礼ですが、討伐したゴブリンはどちらに……」

「ああ、はい。この収納指輪に格納されています。百体以上あるのですが、どこに出せばよろしいでしょうか」

「百体以上ですか……そ、それでは素材買取カウンターに併設されている倉庫まで来ていただけますでしょうか？」

受付の女性は、離席中の札を受付に立てると、倉庫まで案内してくれた。

倉庫に着くなりゴブリンを出すよう指示があったので、森で狩ったモンスターを倉庫に並べていく。

「悠斗様はこれを一人で倒されたのですか？」

「はい、基本的にソロで活動しています。今回は魔法の練習がてら森でモンスターを狩ってきました」

「す、すごいですね。全部合わせて二百体ありますよ！　切り傷すら見当たりませんが、どうやって倒したんですか!?」

「それは……ちょっと特殊な方法を使ったので教えることができないんですよ」

すると受付の女性は残念そうな表情を浮かべる。

「そうですか……依頼達成を確認しましたので、報酬受取カウンターにこの用紙を提出してください。また、悠斗様のランクをGランクからFランクに更新させていただきます。手続きは先程の受付で行いますので、そちらまでどうぞ」

受付の女性とともに冒険者ギルドまで戻り、受付の席に座る。

「こちらが、Fランクのギルドカードとなります。Fランクへの昇格おめでとうございます」

「ありがとうございます」

俺はFランクのギルドカードを受け取ると、席を立ち報酬を受け取るため、報酬受取カウンターに向かうことにした。

「こちらが報酬です。どうぞ、お受け取りください」

ちなみに受け取った金額の内訳は、素材買取カウンターと同じ単価だった。

討伐報酬として白金貨五枚と金貨五枚を受け取ると、冒険者ギルドを後にして、『私の宿屋』へと戻ることにした。

そのまま夕食を済ませ、部屋に戻った俺は、明日の予定を立てることにする。

明日はいよいよ、『私の宿屋』のチェックアウト日である。そして、それと同時にこのマデイラ王国から脱出する日。

それにしても『私の宿屋』の食事はとても美味しかった。

まさかこんなにも後ろ髪を引かれる思いで、マデイラ王国を出ることになるとは思いもしなかった。

明日は、冒険者ギルドで他国へ向かう護衛依頼がないか探してみよう。護衛依頼なら、お金も稼げるし、馬車に乗って数日もすればほぼ自動的に他の国まで辿り着くことができる。

もし護衛依頼がないようなら『私の商会』に行き、地図と方位磁石を購入しよう。それさえあれば少なくとも、国のおおよその位置くらいは把握できるはずだ。

その場合の問題は、馬車に代わる足がないことなんだけど……いや、待てよ？

ユニークスキル『召喚』の中には、『神器《アーティファクト》』ってのがあったはず。

もしかして、その中に乗り物のようなものがあるのではないだろうか。

俺は早速『召喚』と唱え、様々なカードが収められているバインダーを出し、パラパラと捲っていく。

するとその中に【神器《アーティファクト》『魔法の絨毯』】と書かれたカードを見つけた。

そのカードを手に取ると、緑色の生地に金色の横糸が入った絨毯が部屋の中に広がる。

鑑定してみると、次のような効果があることがわかった。

魔法の絨毯
　空を飛ぶことができる絨毯。
効果：絨毯のどこかに触れ、目的地や行きたい方向を思いうかべることで操作できる。
　ステルス機能付き。
所有者：佐藤悠斗（譲渡《じょうと》不可）

おお、ご都合主義とはこのことかってくらい都合のいい『神器《アーティファクト》』だ。

飛んでいる所を見つかると目を付けられるかもと心配していたけど、ステルス機能が付いている
みたいだし、国を出るのにもってこいかもしれない。

俺は魔法の絨毯をカードに戻し、バインダーにしまう。

そして、ベッドに座り両手を広げて後ろに倒れこんだ。

そのまま「はぁ～」とため息をつく。

正直、心の中は不安で一杯である。

マデイラ王国は現在、隣国と停戦状態にあるという話だった。つまり、一応戦中ではあるわけだ。

そんな状態の中、マデイラ王国からきた冒険者を受け入れてくれるのだろうか。マデイラ王国以上にヤバい国だったらどうしよう。そんなことも考えてしまう。

「こればかりは行ってみないとわからないか……」

俺はそう呟くと、風呂に入り寝ることにした。

12　隣国アゾレス王国へ

翌朝、目覚めて時計を見るとまだ朝五時だった。

少し早いが、昨日から引きずっている不安を紛らわすため食堂に行くと、既にバイキングの準備が整っている。

朝五時に起きてくる人はおらず完全に一番乗りだ。

そういえば、気分が落ち込んでいる時にはパスタがいいみたいな話を聞いたことがある。他にも、ビタミンDやビタミンBを摂るといいらしい。まぁ、本当かどうかわからないが、信じてみるか。

丁度よく『宿屋特製の気まぐれパスタ』が並んでいたので早速取る。

続けて、先日のミノタウルスの美味しさに感動したこともあって、『ミノタウルスのハンバーグ』を盛った。

料理を口に運ぶと、さっきまでの気分は一体なんだったのだろうかと思うくらい幸せな気分になる。

……なんだかネガティブになっていたのは、もしかしたら単にお腹が空いていただけなのかもしれない。

当分の間、味わうことができなくなる『私の宿屋』の料理を噛みしめた。

部屋に戻るとチェックアウトの準備を始める。

もちろん、風呂に入ることも忘れない。気分転換とリフレッシュにお風呂は最適だからな。

身体を拭き、迷宮街で買った服に袖を通すと、ベッドに飛び込んでひとしきり柔らかさを堪能《たんのう》する。

しばらくはこんないいベッドとはお別れだからな。

そして、しばらくして荷物を収納指輪にしまい、チェックアウトをするため、受付まで歩いて向かった。

チェックアウトのついでに『私の宿屋』が他の国にも展開しているか聞いてみる。

「すいません。『私の宿屋』は他の国にもあるんですか？」

「はい。マデイラ王国以外にも隣国のアゾレス王国、それ以外にもフェロー王国、オーランド王国と様々な国に出店しております。もしよろしければこちらの割引券をお持ちください」

どうやら相当手広くやっているようだ。ありがたい話である。

「ありがとうございます」

それにしても割引券って、こんなところまで、元の世界にある旅館や娯楽施設に似ているとは……転移者が絡んでるって言われても不思議じゃないぞ。

俺は『私の宿屋』を出ると、隣国までの護衛依頼を探すため、冒険者ギルドへ向かうことにした。

冒険者ギルドに着いた俺は、早速依頼ボードを確認していく。

「やっぱり、FランクやEランクの依頼ボードに護衛依頼はないか……」

Bランクの依頼ボードには貼り出されていたのだが、流石にFランクに任せるものではないのかもしれない。

腕には自信があるが、Fランク冒険者である俺がBランクの依頼ボードに貼ってある依頼書を受付に持っていっても受理してくれないだろう。

今回は諦めて、魔法の絨毯で隣国に行くとしよう。

俺は冒険者ギルドを出て、『私の商会』に向かうことにした。

『私の商会』に入ると、以前来た時と同じように髭を生やした小太りの中年男性が迎えてくれる。

「いらっしゃいませ、本日はどのような品物をお求めですか」

「地図と方位磁石をもらえますか」

「かしこまりました。すぐに用意いたします」

そう言うと、小太りの中年男性が、地図と方位磁石を持ってくる。

「こちらが地図と方位磁石です。地図が白金貨一枚、方位磁石が金貨五枚となります」

地図が白金貨一枚って、滅茶苦茶高い……。

元の世界であれば百円均一のお店で世界地図が買えたというのに、この世界では一枚十万円。かなり貴重ということか。というか、方位磁石も普通に高い気がする。

「ありがとうございます」

俺はお礼の言葉とともに、小太りの中年男性に白金貨一枚と金貨五枚を渡し、今から行く隣国の情報を聞いてみることにした。

「ところで、アゾレス王国ってどんなところか知っていますか？　丁度行く用事がありまして、もし知っていたら教えてほしいのですが……」

「アゾレス王国ですか？　良いところですよ。砂浜や緑に覆われた山に、活気ある街並み、景色がきれいですね。海にも面していて、海鮮が美味しいとてもいい国です。巨大な塔型迷宮のアンドラ迷宮も有名ですね。なにやら最近、マデイラ大迷宮でモンスターが出現しなくなったそうで、今、冒険者がこぞってアゾレス王国に移動しているそうですよ。お客様もその口ですか？」

「いや～、実はそうなんですよ。もしかして、アゾレス王国へ行く乗り合い馬車の定期便とかってあったりします？」

「マデイラ王国とアゾレス王国は仲が悪いですからね。昔はあったそうですが、今はありません」

「そうですか……」

残念である。やはり自分の足で向かうしかないようだ。

「アゾレス王国は、迷宮街の北門をまっすぐ行ったところにあります。歩いていくなら三日、馬車なら一日半といったところでしょうか。最近、盗賊が出るという噂もありますし、お気を付けください」

「そうですか……ありがとうございます」

俺は小太りの中年男性にお礼を言うと、迷宮街の北門へと歩を進めた。

しばらく歩いていると目的の門が見えてくる。

「これが北門か！」

北門は、アゾレス王国を真っ向から迎え撃つ砦《とりで》のような様相で、至るところに兵士の姿を確認できる。

商人の中には、冒険者ギルドで護衛を雇い停戦状態のマデイラ王国とアゾレス王国とを行き来し利益をあげている強者もいる。マデイラ大迷宮で稼げなくなった冒険者なども一縷《いちる》の望みをかけて北門から一直線にアゾレス王国を目指すことがあるらしい。

俺もその内の一人だ。俺の場合は、稼げなくなってアゾレス王国に行くわけではないが……。

あまりここでゆっくりしていると、生きていることが王城の連中にバレるから、その前に国外へと脱出したいのだ。

気分はまさに、逃亡犯。

そう思いつつ、北門の門番にギルドカードを渡すと話しかけられた。

「あなたも、ここ最近増えたマデイラから出ていく冒険者達と同じようにアゾレス王国に向かうのですか？」

俺が頷きながら「はい」と言うと、門番は心配そうな表情を浮かべる。

「そうですか……今、この国とアゾレス王国は停戦状態とはいえ、休戦協定を結んでいるわけではありません。ここだけの話、国王陛下は戦争に勝つため、転移者を召喚したらしく、近々、戦争になる可能性もあります。道中、盗賊が出るという噂もありますし、それでもマデイラ王国から出国しますか？」

「はい、諸事情によりアゾレス王国に行かなくてはいけないので……」

むしろ俺にとってはマデイラ王国にいる方が危険だ。

「そうですか、まだ小さいのに大変ですね。道中気を付けてください。何か危険があればすぐに北門まで戻ってきてくださいね」

「はい、ありがとうございます」

俺は門番からギルドカードを返してもらうと、北門を潜り、アゾレス王国へと出発した。


門の外は、見渡す限りの大地が広がっている。

少し歩いた所で立ち止まった俺は、周囲に誰もいないことを確認し、【神器《アーティファクト》『魔法の絨毯』】を召喚した。

アゾレス王国は、北門から徒歩で三日、馬車で一日半だそうだが、魔法の絨毯で行けばもっと早く着くかもしれない。

早速乗り込むと、アゾレス王国に向けて飛び立つ。

昨日は性能を確認しただけで、実際に飛ぶのは今日が初めてだが、乗って念じるだけなので難しいことは何もない。

魔法の絨毯で行く空の旅は、とても快適だった。

流石は『神器《アーティファクト》』。元の世界の様々な法則は一切無視だ。

体が剥《む》き出《だ》しなのに風の影響を全く受けず快適な空の旅を楽しむことができる。元の世界の飛行機のように、リクライニングシートやアメニティ、エンターテイメントがあれば、なお良かったことだろう。

いや、この際作るのも一興か……。

そんなことを考えながら、アゾレス王国に向かっていると、『影探知《サーチ》』に多くの人影の反応があった。地上を覗いてみると、どうやら馬車が襲われているようだ。

「あれが門番さんの言っていた盗賊かな？　どうしよう。見て見ぬ振りをしようかな。でも、流石にそれはよくないよな。仕方がない」

悩みながらも、馬車を助けることにした俺は、『影縛《バインド》』を発動する。

流石に上空からだと、誰が盗賊なのか全くわからない。そのため、とりあえず馬車に入っている人以外のすべての人に『影縛《バインド》』をかけることにした。

魔法の絨毯をバインダーにしまい、空中から『影転移《トランゼッション》』で人の影に移動すると、その影から出て馬車の方に声をかける。

「すみませーん。大丈夫ですか？」

動けない盗賊達を尻目に、呼びかけると、馬車の中から執事っぽい服装のおじさんが現れた。

「この状況は一体……」

おじさんの言うこともよくわかる。なにせ、さっきまで馬車を襲っていた盗賊達が、いきなり黒い影に覆われて、剣を振り上げた状態で動けずに呻いているのだ。

しかも、雇っていた冒険者も同じ状態……さぞかし混乱していることだろう。

そしておじさんは俺を視界に収めると、首を傾げた。

「子供？　なんでこんなところに……？」

まさかの子供扱いである。

まあ、元の世界で十五歳と言えば子供だし、俺の見た目的にそう言われるのは無理ないけど……。

せっかく助けたのに、第一声がそれなのかという感じだ。

「盗賊に襲われていたんですよね？　どの人が盗賊で、どの人が護衛なのか教えてくれませんか？」

俺がそう言えば、おじさんが驚きの表情を浮かべた。

「――まさか、君が助けてくれたのかい？」

「はい。今、護衛の人も含めて全員動けないようにしているので、はやく動けるようにしてあげたいのですが、この中であなた方の護衛はどなたですか？」

執事っぽいおじさんが二人の人物に指を向ける。

「え、ええ……背中に傷のある、剣を振りかぶろうとしている二人の冒険者です」

「わかりました。それ以外の盗賊はこっちで処理しても大丈夫ですか？」

「ええ、問題ありません。むしろできるなら頼みたいくらいです」

俺は護衛の冒険者二人の『影縛《バインド》』を解くと、残りの盗賊を『影収納《ストレージ》』に閉じ込めることにした。

モンスターを捕らえるのとは違うので、今回は酸素ありだ。

一度『影収納《ストレージ》』に閉じ込めてしまえば、『影魔法』を使わない限り出ることはできない。アゾレス王国に着いたら、ギルドか兵士に引き渡そう。

そう思いながら盗賊達を影に沈めていく。

盗賊達を『影収納《ストレージ》』に収納しおわると、後ろから呻き声が聞こえてきた。

振り向くと、護衛の冒険者が蹲《うずくま》り苦悶《くもん》の表情を浮かべていた。

「あれ、もしかして怪我していますか？」

「ぐっ！　あぁ、後ろから切りつけられてしまった……」

どうやら冒険者二人は、盗賊との戦いで背中に傷を負ってしまったらしい。

なかなかの重傷だ。息をするのも苦しいのか、冒険者は冷や汗を流しながら答えてくれた。

とても苦しそうだ。流石に放っておけない。

「そうですか……ここで見たことは他言無用でお願いしますね」

そう言って早速冒険者に『聖属性魔法』の『治癒《ヒール》』をかけ、盗賊達に負わされた傷を癒《い》やしていく。

どうやら『治癒《ヒール》』には大きな傷を癒す効果だけではなく、疲労回復効果もあるようだ。見る見るうちに、冒険者の傷や、執事達の疲れ切った表情が和《やわ》らいでいった。

流石にここまで回復させればもう大丈夫だろう。

「じゃあ、俺はもう行くので、道中お気を付けください」

「お、お待ちください！」

俺がこの場を後にしようとすると、執事っぽいおじさんが俺を呼び止める。

振り返ると、馬車の中から一人の男性が下りてきたところだった。

「はい、なんでしょうか」

その男性は俺の近くまで寄ってくると頭を下げる。

「まずは、助けていただいた上、傷を癒してもらったお礼を言いたい。ありがとう」

「いえいえ、大したことはしていません」

俺がやったことといえば、盗賊を『影縛《バインド》』で縛り上げ、『聖属性魔法』で冒険者の傷を癒しただけだ。俺からしたら本当に大したことはしていない。

「謙遜《けんそん》することはない。そういえば、まだ名を名乗っていなかったな。私は『私のグループ』の会頭、アラブ・マスカットという者だ。ぜひ君の名前を教えてほしい」

「ア、アラブ・マスカット……」

まさかの大物登場である。『私の宿屋』でもらった割引券付のパンフレットにもマスカットさんの肖像画《しょうぞうが》が載っている。

「Fランク冒険者の佐藤悠斗です。今回たまたま通りかかっただけでしたが、無事で何よりです」

するとマスカットさんは驚きの表情を浮かべた。

「君程の力でFランク冒険者？　何かの間違いではないか……いや、すまない。改めて、助けてくれてありがとう。私達はこれからアゾレス王国へ行くのだが一緒に行かないか？　もちろん、護衛の依頼料も払わせてもらう」

う〜ん。正直、魔法の絨毯の方が快適だし、こっちの方がアゾレス王国に早く着くんだけど。

俺が悩んでいると、マスカットさんは続けてこう言った。

「悠斗君、君は『私の宿屋』や『私の商会』を利用したことはあるかな？　もし一緒に来てくれるなら、依頼料とあわせて、特別会員カードもプレゼントしよう。会頭である私が直々に渡す特別なカードだ。様々な特典も付いているし割引も効く。どうだろうか？」

「ぜひよろしくお願いします」

俺は即答した。

たった一日の距離にあるアゾレス王国に一緒に行くだけで、『私のグループ』のカードがもらえるのだ。断る理由がない。

それによく考えたら盗賊の件も処理しなければならないことを思い出した。

「それは良かった！　さあ、私の馬車に乗ってくれ」

マスカットさんが笑顔で俺を馬車に乗るように促し、冒険者達には引き続き警戒を緩めないよう頼んでいく。

「君達は引き続き、外で護衛を頼む」

「「はい。承知しました」」

「よし、それではアゾレス王国へ向かおう」

マスカットさんの声に従い、御者が馬に鞭《むち》をいれると、馬車はアゾレス王国へと走り出した。

◆◇◆◇◆

数日前、マデイラ大迷宮へレベル上げに向かった転移者がモンスタートラップに引っ掛かり、逃げ帰ってきた。

そして、その日を境にこのマデイラ王国の宰相である私、ベーリングと数々の文官《ぶんかん》は数々の対応に追われ、多忙を極めている。

原因は、転移者達に向かわせたマデイラ大迷宮がただの洞窟と化してしまったことだ。

愛堕夢と多威餓と騎士達はあの『影操作使い』悠斗《ゆうと》を置き去りにして、難を逃れたらしい。

この状況で転移者の二人を失っていたら、アゾレス王国との戦争も不利になるところだったから、彼らが無事だったのは良かったのだが……。

迷宮を奪うために転移者を育てようとした矢先、自国の迷宮すら失うとは笑えない冗談だ。

すぐに冒険者ギルドのギルドマスターを呼んで調べさせると、マデイラ大迷宮は迷宮核《コア》を失っていたそうだ。

マデイラ王国では、国内で消費する肉などの約三十パーセントを、あの迷宮に頼っている。また、騎士団の修練も行っていたのだ。

まったく、どうしたことか……しかも、迷宮で稼いでいた冒険者や商人達が、マデイラ王国からアゾレス王国へと拠点を変更する動きも活発になっている。

それに愛堕夢や多威餓もこの件以降、気が病んでしまったのか、一向に部屋から出てこなくなってしまった。

迷宮で悠斗を本当に囮として見捨てたことが、ショックだったのだろう。

悠斗がいた頃は、囮にすることに積極的だったのにいざ実行したらこの有様である。

「これはもう、一刻の猶予《ゆうよ》もありませんね」

私達の国とアゾレス王国の間には、両方がお互いに権利を主張している迷宮が一つある。

しかし、マデイラ大迷宮が踏破され、ただの洞窟となってしまった以上、一刻も早くその迷宮を確保する必要がある。

早く何か手を打たなければ……。

13　アゾレス王国

俺は今現在、マスカットさんと向かい合う形で馬車に乗っている。

馬車の窓から外を眺めると、何もない荒野が広がっていた。

時折、モンスターの影が見えるが、馬車の方が速いためか、襲い掛かってくるモンスターはおらず順調にアゾレス王国へと進んでいる。

ただ、馬車に乗って以降、俺がどうやって盗賊を倒したのか、興味津々《きょうみしんしん》に聞いてくる点だけは厄介だった。

盗賊が一時的に動かなくなったのは何をしたのかや、地面に吸い込まれるように盗賊が消えたのはどんな魔法を使ったのかなど、次々と質問を投げかけてくる。

もちろん、すべての手の内を晒《さら》すわけにはいかない俺は、とりあえず、大雑把《おおざっぱ》にユニークスキルを持っているということだけ話すことにした。

「――ということで、マデイラ大迷宮の十九階層にあった宝箱にスキルブックが入っていまして、先程の魔法はそこで手に入れたユニークスキルによるものなんですよ」

「ほう、それにしてもよく生きて帰ることができたな……モンスタートラップは強力なモンスターが出現することで有名だぞ？」

「たまたま、モンスターがそれ程強くなかったのでラッキーでした。そういえば、マスカットさんは、なぜあんなところにいたんですか？」

そう言うと、マスカットさんが首を傾《かし》げる。

「ん？　あんなところとは……？　ああ、なぜマデイラ王国からアゾレス王国に向かっていたのかということかな？」

「はい。そうです」

ただの仕事かもしれないが、大グループの会頭本人が動くなんて、よほど重要な何かがあったんだろうか。

「それは、マデイラ大迷宮が踏破されたという噂を聞いてね。実際のところどうなのか確かめに行っていたのだよ」

話を聞くと、マデイラ大迷宮が踏破された影響で、マデイラ王国では冒険者や商人の流出が止まらないらしい。近々戦争になるという噂もあるらしく、王国に納める税金も高くなってきているようだ。

「本当は、踏破した人物とお近付きになりたいところだったが、調査しても見つけることができなくてね。仕方がないので、アゾレス王国を経由して、本店のある商人連合国アキンドに帰るところだったのさ。まぁその途中で、盗賊に襲われてしまったんだけどね」

迷宮踏破したのは俺です、とは流石に言えない……。

俺は話題を逸らすことにした。

「商人連合国アキンドですか……どんな国なんですか？」

「そうだな。世界中の商人や物が集まる、豊かな国だよ」

マスカットさんによると、商人連合国アキンドとは、Sランク商人の中から選ばれた八人の評議員が中心となり、評議会と呼ばれる合議制の政治を行っている国らしい。そして、『私のグループ』もそこに本店を置いているようだ。

「もし、君が商人連合国アキンドに来るようなことがあれば、連絡をくれたまえ。助けてもらった礼に、『私のグループ』でできる限りのおもてなしをさせてもらおうではないか。そういえば、まだ特別会員カードを渡してなかったな……ほら、これが君の特別会員カードだ」

マスカットさんはそう言うと、カバンの中から、黒いカードを取り出した。

「このカードを持って魔力を流してみてくれ」

「わかりました」

俺はマスカットさんから特別会員カードを受け取り、魔力を流す。

すると、カードが発光し、カードに紋様が刻まれた。

「これでこのカードは君以外には使えなくなった。『私のグループ』を利用する際、このカードを見せることで最上級の対応をしてもらえるはずだ」

「ありがとうございます」

俺は紋様の刻まれた特別会員カードを収納指輪へと収納し、マスカットさんにお礼を言った。

「……おや、悠斗君。もう見えてきたようだよ」

マスカットさんの言葉を聞き、馬車の窓から外を見る。

進行方向に大きな壁に囲まれた国が見えてきた。壁の外側には、これまた巨大な塔が聳《そび》え立っている。

「あれがアゾレス王国だ。悠斗君は初めてかな？」

「そうですね！　壁の外側にすごく大きな塔が立っているんですね」

「ああ、あれはアンドラ迷宮。アゾレス王国のシンボルにして、とても人気の高い迷宮だ。近くにはアンデッドモンスターの巣窟《そうくつ》、ボスニア迷宮もある。それだけではない。壁の中は、マデイラ王国とは比較にならない程豊かな国だぞ。景色は綺麗で空気は美味い。迷宮が二つあるから冒険者も多くて活気がある。アゾレス王国にも『私のグループ』を展開しているから、ぜひ利用してくれ」

「はい！　そうさせてもらいます」

「さて、話している間に到着したようだ。盗賊の件もあるし、まずは一緒に冒険者ギルドに行こうではないか」

Fランク冒険者の俺が盗賊を捕えたと言っても、説得力がまるでないもんな……盗賊の件はマスカットさんに口添えしてもらおう。

「お願いします」

そう言って、俺達は冒険者ギルドへ向かうことにした。

アゾレス王国の冒険者ギルドは、商業ギルドが併設されている、大きめの建物にあった。

どうやら、冒険者ギルドに卸された素材を、そのまま商業ギルドに流すことでうまいこと経済を回しているらしい。

「さて、護衛依頼達成と盗賊の件を報告しに行こうか」

マスカットさんはそう言うと、冒険者ギルドの中に入っていく。

俺達は一緒の受付に並ぶと、これまで起きたことを報告する。

「すみませんが、捕縛した盗賊はどちらに……」

「今、魔法で捕縛しています。ここで解放すると逃げられてしまうので、盗賊を収容する檻か何かに入れたいのですが……」

すると受付の女性が驚きの表情を浮かべた。

「魔法で盗賊を捕縛したのですか？」

「うむ、たしかにこの者は私の馬車を襲撃してきた盗賊を捕縛している。収容できる檻に案内してほしい」

「マスカット様がそう言うのであれば……こちらへどうぞ」

受付の女性は、机に離席中の札を立てると、冒険者ギルドの地下にある収容所に案内してくれた。

冒険者ギルドの地下にこんな施設があるのかー、と思いながらついていくと、空いている檻に盗賊を入れるように指示される。

鍵がしっかり閉まっていることを確認すると、影魔法を檻の中に展開し、捕らえていた盗賊達を影から出す。

盗賊達は、暗い影の中に長い間いたためか、ずいぶんと衰弱《すいじゃく》しているようだ。

すると受付の女性が驚いたように声を上げた。

「この人達は、指名手配中のカルミネ盗賊団じゃないですか！」

えっ？　カルミネ盗賊団？

「有名な盗賊なんですか？」

「このあたりで暴れている盗賊団ですよ！」

聞くところによると、このカルミネ盗賊団は、マデイラ王国とアゾレス王国の間に拠点を持つとされる盗賊団らしい。金品の略奪はもちろん、殺しや人身売買なども行う凶悪な組織だそうだ。

たまたまだけど、捕まえることができて本当によかった。

「よくカルミネ盗賊団を捕まえることができましたね」

受付の女性が称賛の言葉を贈ってくる。

「運が良かっただけです。それで、これからこの盗賊達はどうなるんですか？」

「これから尋問にかけ、アジトの場所を吐かせることになります。とはいっても、衰弱しているようですので、すぐにアジトの場所は判明すると思いますが……」

そうか、こいつらで全員とは限らないもんな。

「それでは、後のことはよろしくお願いします」

「はい。ご協力、ありがとうございます。ああ、お待ちください。カルミネ盗賊団は指名手配されていたので、報酬受渡カウンターで捕縛報酬、白金貨五十枚をお渡しします。こちらの札をお持ちください」

「ありがとうございます」

俺は受付の女性にお礼を言い、マスカットさんとともに地上に戻ると、護衛依頼と盗賊の捕縛報酬を受け取り、冒険者ギルドを後にした。

冒険者ギルドを出たところで、マスカットさんがとある提案をしてきた。

「悠斗君、君を私直属の護衛として雇いたいのだが考えてくれないかね」

うーん、マスカットさんの商会は大きいから、報酬もよさそうだ。ただ、俺は自由に旅したいんだよな。

「いえ、大変光栄なこととは思いますが、私には使命があります。大変申し訳ないのですが、ご期待に応えることはできません」

本当は使命なんてないが、おそらくこう言わないと押し切られそうな気がした。

「そうか……」

マスカットさんは残念そうに呟くと、サイン入りの名刺を渡してきた。

「気が変わったらぜひ連絡してくれ。この名刺を『私のグループ』の店舗で見せれば、すぐに私と連絡を取ることができる」

この世界の住民からすれば、マスカットさんからの誘いは、国から騎士に任命される位光栄なことなのだろう。馬車に乗っている元々護衛役だった冒険者達が羨ましそうな表情を浮かべている。

「ありがとうございます」

俺がお礼を言うと、マスカットさんは馬車に乗り込んだ。

「私はこれから『私のグループ』の支店を回らなければならない。もし、『私の宿屋』に泊まるようであれば、一ヶ月は無料で泊まれるように手配しておく。機会があればぜひ泊まっていってほしい。特別会員カードを持った少年が来ると伝えておくのでな。では、また会おう」

俺は名刺を収納指輪に収めると、マスカットさんに頭を下げ、冒険者ギルドに併設された商業ギルドへ足を向けた。

商業ギルドのギルドカードを持っていれば、ギルド加盟店舗での買い物時に割引が効く、と道中マスカットさんに教えてもらったからだ。

商業ギルドの中に入ると、あたりを見回し一番空いている受付の列へと並ぶことにした。

十数分で、俺の順番がやってくる。いかにも役所で働いていそうな、まじめな雰囲気の男性が対応してくれるようだ。

「ようこそ、商業ギルドへ。本日はどのような用件でしょうか」

「すみません。登録をお願いしたいのですが……」

「かしこまりました。登録ですね。それではまず、当ギルドについて説明させていただきます」

そう言うと、男性が商業ギルドについて説明してくれた。

話をまとめると、こんな感じである。

商業ギルドは、冒険者ギルドと同じく国を超えた組織で、ランク制を導入している。ランクの上がり方は冒険者ギルドと同じだが、商業ギルドではランクに応じて年会費が決まり、毎年ギルドカードの更新時に支払いをすることになるらしい。

ランクはその年に稼いだ金額で決まり、稀《まれ》にいきなりSランク商人になる人もいるようだ。

また違法な商品の取り扱いには厳しい対応をしており、それを犯した場合、最悪除名処分になる可能性がある。

登録後のメリットとしては、身分証になる以外にも、商業ギルド加盟店での買い物で割引を受けられる。割引率はランクに応じて変わり、最大二十パーセントの割引を受けられるという。

またSランク商人になった際は、商人連合国アキンドの評議会選挙に立候補する権利が与えられる。評議会は四年に一度、投票で八人の評議員が選出され、アキンドの運営を担うことになる。

他のメリットとしては、Cランクから、クレジットカード機能を利用することができたり、評議会の投票権が与えられたりもするそうだ。

「当ギルドのギルドカード発行には、金貨一枚の登録料が必要となりますが、このまま登録手続きを進めてもよろしいでしょうか」

「はい。よろしくお願いします」

「それでは、こちらの用紙に必要事項の記入をお願いします」

俺は受付の男性に金貨一枚を渡し、用紙を受け取ると、氏名や年齢など必要事項を記入していく。

「用紙の記入が終わりましたら、こちらの水晶に手を当ててください。魔力の波長をギルドカードに登録したら完了です」

「ありがとうございました」

すべての手続きを終え、無事にギルドカードを受け取った俺は、商業ギルドを後にし、『私の宿屋』へと向かうことにした。

アゾレス王国の『私の宿屋』も、マデイラ王国と同じく迷宮の近くに宿を構えているようだ。

『私の宿屋』に入ると、受付のお姉さんにマスカットさんからもらった特別会員カードを見せる。

「いらっしゃいませ。悠斗様ですね。会頭よりお話は伺っております。こちらの部屋へどうぞ」

受付のお姉さんが案内してくれたのは、最上階の三階にある部屋で、元の世界で言うところのスイートルーム……いや、それより上位のペントハウスアパートメントのようなところだった。もちろん、何かで見たことがある程度で、元の世界で泊まったことはない。

ゆとりある居住空間に、冷暖房、キッチンに高級家具完備といった最上級の設備……こんなところに一ヶ月間も泊まっていいものだろうか。

案内してくれたお姉さんに試しに聞いてみたところ、普通に泊まる場合、一泊当たり白金貨五枚は取られてしまう部屋らしいことが判明した。

元の世界では漫画喫茶に素泊まりするだけでも二千五百円はする。もちろん、泊まったことはないけど漫画喫茶の二百倍の値段設定である。

こんなに豪華なところだとは思わなかったよ。広すぎて全く落ち着かない……。

こういうところが貧乏性《びんぼうしょう》なんだろうな。

おそらくこういった部屋は、身分の高い貴族が使用人を連れて泊まるのだろうと思う。

俺は、あまりの部屋の豪華さに顔を引き攣らせながら、ここまで案内してくれたお姉さんにお礼を言う。もちろん、マスカットさんに対するお礼の言付《ことづけ》も頼んだ。

「それではこちらで失礼いたします。なにかお申し付けの際は、備え付けのボタンでお呼びください」

お姉さんはそう言ってお辞儀をしながら、扉を閉める。

俺は、お姉さんが部屋から出ていったことを確認するとベッドにダイブした。

一泊銀貨五枚で泊まった客室のベッドも悪くなかったが、段違いの柔らかさである。

まるで雲の上に寝ている感覚だ。元の世界で愛用していた寝具のようである。

ひとしきりベッドの柔らかさを確かめると、次はバスルームに向かうことにした。

するとそこには、迷宮街を一望することのできる露天風呂《ろてんぶろ》があった。きっと迷宮街の喧騒《けんそう》を楽しみながら、寛《くつろ》ぐことができるように設計されているんだろう。

「……って寛げるかぁ！　景色はいいけど、外の喧騒がうるさすぎるわ！」

まるで、せっかく奮発して高級ホテルの最上階に泊まったのに、そこから見える風景すべてが繁《はん》華街《かがい》のネオンだった……みたいな感じだ。そんなところ泊まったことないから、俺の勝手な想像だけど。

とはいえ、露天風呂に入れるのは嬉しい。

早速、服を脱ぎ露天風呂に入ることにした。

お酒でも呑みながら、お湯に浸かることができたらもっと楽しかったのかもしれない。お爺ちゃんが自宅の風呂で酒を浮かべながらバスタイムを楽しんでいたのを思い出す。

俺は身体を洗ってから、勢いよく風呂に飛び込んだ。

ここまで馬車に揺られてきたためか、全身の関節がバキボキ音を立てる。

そんな体の疲れも嘘のように取れていく……。

身体を包む柔らかなお湯で、癒やされていく。

ふと、風呂の端にさり気なく立ててある看板を見上げると、このお湯の効能が書かれていた。

【薬湯《くすりゆ》】
このお湯には、ポーションがふんだんに使われています。
疲労、切傷、肩こり、神経痛、腰痛など
ポーションで解決できる様々な不調に効果があります。

そりゃあ、身体の疲れが吹っ飛ぶわけだ。

なにせ、かけて良し、飲んで良しのポーションをふんだんに使っているのだ。

試しに風呂のお湯に『鑑定』をかけたところ『初級ポーション』と表示された。

初級ポーションは一個当たり鉄貨二枚はするんだが……なんという贅沢だろうか。

今泊まっている部屋の料金が高い理由の一つがわかった気がした。

初級ポーションとはいえ、これだけ大量に使っていれば当然コストも高くなるはずだ。

風呂に浸かったまま、ゆっくり息を吐く。

それから心ゆくまで堪能した俺は、風呂から上がるとバスローブに袖を通し、ベッドに倒れこんだ。

ここに一ヶ月間も泊まれるのか……これはダメになりそうだ。

俺はベッドの気持ちよさに、意識を手放すのだった。

14　名もなき迷宮

目を覚ますと、外はすっかり暗くなっていた。

目をこすりながら立ち上がり、机の上に置いてあるボタンを押す。

するとすぐに扉がノックされる。扉を開ければ、そこには身だしなみの整ったコンシェルジュが立っていた。

「悠斗様、お呼びでしょうか」

備え付けのボタンを押せば、人が来てくれるとは言っていたが、こんなに早いとは。

「すみません。夕食ですが、ここで食べても大丈夫ですか？」

「はい、問題ございません。苦手な食べ物や、アレルギーなどございますでしょうか？」

嫌いな食べ物……一瞬、昆虫食を思い浮かべるも、首を横に振る。

「特にはないです。なんでも食べられます」

「承知いたしました。それでは、もう少々お待ちくださいませ」

コンシェルジュは部屋の外に出ると一礼をして扉を閉める。そして十数分後、料理を運んで戻ってきた。

「本日のお料理は、アゾレス王国の新鮮な魚介類と迷宮産ロックバードを使用した料理となっております。お飲み物は、炭酸水、果実飲料、ワインがありますが、どれにいたしますか？」

この世界では十五歳から成人だから問題はないんだが、ワインを呑む気にはならないな。

「炭酸水でお願いします」

「承知いたしました。それでは、どうぞごゆっくりお楽しみくださいませ」

マデイラの『私の宿屋』で食べたバイキングの料理も美味しかったが、こちらのメニューはよりお洒落な感じだった。

エスペターダと呼ばれる串焼きだったり、レバームースだったりと、まるで高級料理店のフルコースだ。

迷宮産のロックバードを使った料理も、元の世界で食べていた鶏肉とは違う独特な食感だったが美味しかった。

締めに、炭酸水を一口飲んだら、「ふぅ～っ」という声が自然と出てきた。

本当に満足だ。

一人で料理を食べるのは寂しかったが、料理が美味しすぎて、つい無言で食べ進めてしまった。

コンシェルジュを呼び、片付けをしてもらうと、俺は再びベッドにダイブする。

ボフッという音とともにベッドが大きく揺れた。

高級なベッドというものは、何度ダイブしてもいいものだ。気持ちいい弾力が身体を伝う。

ベッドでくるりと回り、仰向けになると、明日の予定を考える。

そういえば、まだ換金していないモンスター素材がたくさん収納指輪に入っているんだよな。素材買取カウンターに換金しに行くのもいいかもしれない。

しかし、すぐに思い直す。

「いや、だめか……」

マデイラ王国の迷宮街で換金した時は、すぐに離れる予定だったからよかったけど、アゾレス王国でそんな大量に換金したら、変に目立って国に目を付けられやすくなるかもしれない。

うーん。そしたら明日は何しようかな？

現状、お金に困っているわけでもないし、何かをやりたいわけでもない。

「とりあえず、冒険者ギルドにでも行ってみるか」

俺はざっくりとした予定を立て、再びポーション風呂に入ると、ゆっくり睡眠をとることにした。


そして明くる朝、カーテンの隙間から射してきた光で目が覚める。

俺は部屋で朝食をとり、ポーション風呂に入ってから、冒険者ギルドへと向かうことにした。

冒険者ギルドの中は、たくさんの冒険者で賑わっていた。

暇つぶしがてら、Ｅランクの依頼ボードを見てみると、次のような依頼が張り出されていた。

・薬草採取：ポーションの原料となる癒草《いやしそう》二十束を求む。報酬は銀貨一枚
・薬草採取：毒消草二十束を求む。報酬は銀貨二枚
・素材採取：鉄鉱石四つを求む。報酬は銀貨二枚

見事な程採取依頼しかない。

他の依頼を見てみても、Ｅランク冒険者までは雑用などの依頼が中心となっているようだった。

正直あまりやる気はしないが、暇だし気分転換に丁度いいか。

癒草や毒消草といった薬草採取の依頼を剥がすと、受付に持っていくことにした。

「すいません。この依頼を受けたいのですが……」

「はい、薬草採取依頼ですね」

俺はとりあえず、薬草の生えている場所を受付のお姉さんに聞いてみた。

「癒草や毒消草はどこに生えているんですか？」

「少し遠いですが、南門から出て歩いたところにある森に生えていますよ」

「南門近くの森ですね。ありがとうございます」

俺は冒険者ギルドを後にして、早速、南門を出て少し歩いたところにある森に入っていく。

森に入り『影探知《サーチ》』をしてみるも、このあたりにモンスターや人はいないようだ。

『鑑定』を発動しながらキョロキョロ周囲を見回せば、木の根元あたりに、癒草が生えていた。

癒草はタンポポの葉のような形状をしていてかわいらしい。

採取が少し楽しくなってきた俺は、『鑑定』を発動させたまま、ずんずん森の奥へと進んでいく。

すると、元の世界のドクダミに似た花が咲いている群生地《ぐんせいち》を発見した。

『鑑定』で見てみると、どうやらこれが毒消草のようだ。採りすぎないように毒消草を採取して、収納指輪に収めていく。

気が付けば、ずいぶん森の奥まで来てしまったようだ。

もはやどうやって進んできたかも覚えてないが、『影探知《サーチ》』があるので道はわかるし、そもそも

『影転移《トランゼッション》』でいつでも帰れる。

せっかく来たので、行けるところまで進んでみようと決めた。

そうしてしばらく採取を進めていると、『影探知《サーチ》』に何かが引っ掛かった。

なんだこれ？　何かの入り口のような……洞窟か？

それに近くには十数名もの人もいるみたいだ。

気になったのでその場所に向かってみると、洞窟の横には掲示板のようなものが置いてあった。

マデイラ大迷宮で見たものと似ているが……ここは迷宮の入り口になっているようだ。掲示板には『踏破階数／現在階層数：無し／三十階層』と書かれている。

うーん、興味はあるけど、近くに隠れている人達が、一切出てくる気配がないんだよな。なんか怪しい気がする。まさかとは思うが、襲われたりするのだろうか。

位置は捕捉したし、夜にでもまた行けばいいだろう。

街の方へ戻った俺は南門を潜り、冒険者ギルドに採取依頼の成功報告をする。

銀貨三枚を受け取ると、まっすぐ『私の宿屋』へ戻る。

部屋に着いた俺は、話したいことがあったのでカマエルさんを呼び出すことにした……のだが、その前に周囲の状況を確認するため『影探知《サーチ》』を発動させる。

すると、『影探知《サーチ》』に二名の人影を探知した。

どうやら、いつ備え付けのボタンを押しても対応できるように、隣の部屋でコンシェルジュさん達が控えているようだ。

とはいえ、このまま『召喚』でカマエルさんを呼び出たら、気付かれる可能性が高い。

部屋に呼び出すことを諦めた俺は、『影潜《ハイド》』の応用で、影の中に空間を作って入り込む。そして、『召喚』でカマエルさんを呼び出した。

初めて登場した時と同じように執事服を着て、頭を垂れながら俺の命を待つカマエルさんが現れる。

「悠斗様、お久しぶりでございます」

「久しぶりだね、カマエルさん。また会えて嬉しいよ！」

ここまで基本一人ぼっちだったのが少し寂しかったのかもしれない。少しテンションが高くなってしまった。

俺の声の大きさにカマエルさんは『ビクッ』と肩を震わせる。

俺は少し申し訳ないと思いつつ、本題を切り出した。

「今回呼んだのはカマエルさんにお願いがあってね。また迷宮を攻略しようと思うんだけど、手伝ってくれないかな？」

するとカマエルさんは立ち上がる。

「もちろんでございます。それにしても迷宮ですか。つい先日マデイラ大迷宮を攻略した時は、そこまで攻略に乗り気ではなかったように見受けられたのですが……」

まあ、カマエルさんの抱いた印象は間違いではない。しかし……。

「正直気乗りしないけど、何もせずここに一ヶ月間もいたらダメになりそうだからね」

「なるほど……そういえば、マデイラ王国からは無事脱出することができたのですか？　ここはどこなのでしょう？」

「うん。これもカマエルさんのおかげだよ。ちなみにここは、アゾレス王国だね」

「それはよかったですね！　おめでとうございます」

「ありがとう！　それで攻略する前に、カマエルさんと作戦会議をしようと思うんだけどいいかな？　できれば迷宮探索をしている最中、『天ノ軍勢《アーミィ》』で俺を守ってくれると嬉しいんだけど……」

「もちろんでございます。私は悠斗様の召喚スキルにより呼び出された身、悠斗様に付き従うまでです」

「そ、そう？」

別にそこまで盲目的《もうもく》に俺に従わなくてもいいんだけど……まぁ、本人がそう言うならいいのかな？

ついでにもう一つ伝えておこう。

「じゃあ、もう一つお願いね。前回は途中から替わってもらったけど、迷宮でカマエルさんにはあまり『断罪《ジャッジメント》』を発動しないでもらいたいんだ」

あれをバンバン使われてしまうと、稀少なモンスターが現れた時に、素材が採れなくなってしまうので、正直困るのだ。

「わかりました。それでは、剣メインで戦うことにしようと思います。前の迷宮のようにアンデッド系のモンスターが出てきた場合は、どのように対処いたしますか？」

「もちろん、アンデッド系モンスターと、それから虫系モンスターが出るようなら、どんどん『断罪《ジャッジメント》』で消し去っちゃって！」

やや食い気味に答えてしまった。

「わかりました……それで、これからすぐに迷宮攻略をするのですか？」

カマエルさんの質問に俺は少し考え込む。

「いや、この時間だと人が多いだろうから、夜になったら攻略しに行こうと思う」

「夜ですか。わかりました。それでは、またその時に呼んでください」

「じゃあ、また後でよろしくね」

俺がそう言うと、カマエルさんはポンッという音とともにカードに戻った。

俺はカードをバインダーに収納すると影の中から部屋に戻り、迷宮攻略中に眠くならないよう、時間まで眠ることにしたのだった。


それから数時間後、目を覚ますと外はすっかり暗くなっていた。

俺は早速、迷宮へ行く準備を始める。

万が一、人が来た時に備え『影分身《アバター》』を置いておく。

その後『影潜《ハイド》』で作った空間の中で、カマエルさんを呼び出した。

今回は事前に伝えていたからなのか、赤い甲冑姿で既に準備が整っている。

「お待たせ、それじゃ行こうか」

今回は人目につかないよう『影移動《トランゼッション》』で直接迷宮の中に入り込むことにしている。

つまり、今の俺は『私の宿屋』で就寝中という設定なのだ。

迷宮の内部までやってきた俺は、『影魔法』で周囲の影を取り除き、迷宮内を明るく照らす。

もちろん、迷宮の入り口付近の影は取り除いていないので暗いままである。

「悠斗様の『影魔法』はこんなことまでできるのですね……」

なにやらカマエルさんが驚いていた。

まあ、俺自身も『影操作』しか使えなかった頃に、たまたま発見したことだからね。

「さあ、楽しい迷宮攻略の始まりだ！」

無理矢理テンションを上げながら迷宮を進もうとすると、カマエルさんがすかさず『天ノ軍勢《アーミィ》』で二体の能天使を召喚し、俺の後ろにつけてくれた。

「まずは私が先導いたします。悠斗様は私の後からついてきてください」

カマエルさんはそう言って、腰につけていた剣を抜き、迷宮の奥へと進んでいく。

彼についていきながら迷宮内を『影探知《サーチ》』していると、この先に分かれ道があることに気付いた。

「カマエルさん、この先分かれ道になっているみたい。左側は行き止まりになってる」

「わかりました。右へ進みましょう」

分かれ道を右に進むと、今度は『影探知《サーチ》』にモンスターの反応があった。

どうやら、ただのゴブリンのようだ。

「ゴブリンですか……どうしましょう？　倒していきますか？」

「じゃあお願い。倒したら収納指輪にしまうから、持ってこなくてもいいよ」

俺がそう言うと、カマエルさんは、ゴブリンを撫《な》でるように剣で切り裂きつつ、先に進んでいく。

「うわっ……グロッ……」

俺は、カマエルさんの切り裂いたゴブリンを拾っては収納指輪に収めていく。

「それにしてもカマエルさんって、剣術も上手いんだね」

「そんなことはございません。誰にでもできますよ。悠斗様も一度やってみてはいかがですか？」

「き、気が向いたらね」

下手に剣を使ったら、自分が怪我しそうだ。

カマエルさんと話をしながら迷宮を進んでいくと、だいぶ気が紛れる。

サクサクと進んでいき、気付くと八階層まで下りていた。

九階層まで下りたところで、これまで新しい階層に下りた時と同様に『影探知《サーチ》』を発動させる。

すると、宝箱のような反応を感じた。

「カマエルさん、宝箱があるみたいなんだけど開けてもいい？」

「ええ、もちろんです。宝箱には『鑑定』をかけてから触るようにしてください」

「わかった」

俺はカマエルさんのアドバイスに従って、宝箱に『鑑定』をかける。

宝箱（モンスタートラップ付き）
効果：宝箱に触れることで、モンスタートラップが発動する。
説明：強力なアイテムや、レアな素材が収められている宝箱。
すべてのモンスターを倒すことで開く。

キターッ！　『マデイラ大迷宮』にもあった、トラップ付きだけどレアアイテム入りの宝箱だ！

「ねえ、カマエルさん。あれモンスタートラップ付きみたいなんだけど、触ってもいい？」

「わかりました。それでしたら私が宝箱に触れるので、悠斗様は能天使の後ろに隠れていてください」

そう言ってカマエルさんが宝箱に触れるなり、キラービーやデススパイダーなど、虫系のハイレベルモンスターが宝箱の向こう側に湧き出てくる。

さらに、ブラックジュエリーという、お洒落な名前とは程遠い見た目の巨大ゴキブリも現れた。

俺は、巨大な虫系モンスター達を見た瞬間、顔を引き攣らせ、早く『断罪《ジャッジメント》』で消し去ってくれと念じる。

そんな俺の心の声が聞こえたのか、はたまた俺の血走った視線を背中で感じ取ったのか、カマエルさんは自然な挙動で『断罪《ジャッジメント》』を発動させた。

すぐに天井から眩《まばゆ》い光が降り注ぎ、宝箱の向こう側にいた虫系モンスターが消滅していく。

「……悠斗様、すごい表情をされておりますが大丈夫ですか？」

「も、もちろん……ありがとう。じゃあ、宝箱をしまうね」

そう言うと、俺は宝箱ごと収納指輪に収めていく。

中身は気になるが、あとでじっくり見よう。

「さあ、先へ進もう」

あっという間に十階層のボス部屋まで辿り着いた俺達は、扉の前で一旦休憩を取ることにした。

ここまでの巨大な虫系モンスターに対して、心理的に圧倒され、疲れてしまったためだ。

「それにしても、あのモンスタートラップはないよね！　巨大な虫だよ、虫⁉」

「悠斗様は、虫が本当に苦手なのですね。ずいぶんと顔が引き攣っているように見受けられました。十階層のボスモンスターが虫系ではないといいのですが……」

「やめて！　それフラグだから⁉」

そんなことを言って、本当に虫系モンスターが出たらどうするんだ⁉　責任を取って『断罪《ジャッジメント》』

で消してくれるのだろうか？

するとカマエルさんが思案顔で提案してきた。

「悠斗様。悠斗様のユニークスキル『召喚』でロキを召喚してはいただけないでしょうか？」

「ん？　ロキ？　ちょっと待って」

俺は『召喚』のバインダーに収められている何枚かのカードの中に紫髪の子供が描かれた『天』のカードを見つけた。早速、そのカードを手に取れば、目の前にカードと同じ見た目の子供が現れる。

「ロキ。久しぶりですね」

「あれ〜♪　カマエルじゃん！　久しぶり〜！」

召喚した途端、ロキさんはカマエルさんとハイタッチを交わす。

「悠斗様。この方がロキです。悪戯《いたずら》が好きで、一度暴れると手が付けられなくなりますが、この迷宮においては良い働きをしてくれるかもしれません。対象を変身させるという、うってつけのスキルを持っていますので、悠斗様の苦手なものを解消してくれるかもしれません」

カマエルさんがそう説明すると、ロキさんが満面の笑みで自己紹介を始める。

「こんにちは〜！　ボクの名前はロキ。趣味は悪戯で、特技は変身術だよ。よろしくね〜♪」

ロキって、北欧神話に登場する神様の一人じゃなかったっけ……。

なんだか、大天使より凄いのを召喚してしまった気がする。

「ロキさんか。俺は佐藤悠斗、よろしくね」

俺が簡単な自己紹介を返すと、ロキさんが呟く。

「ロキさんだなんて他人行儀《たにんぎょうぎ》だな～♪　ロキでいいよ、悠斗様。まあボクは、悠斗様がなんと言おうと様付けはやめないけどね～」

ロキさん、天邪鬼《あまのじゃく》っぽいな。

せっかくなのでロキさんに、カマエルさんの時同様、とあることを聞いてみた。

「それじゃあ、ロキさん。ロキさんのステータスを『鑑定』してもいい？」

ロキさんは考えるような素振《そぶ》りを見せると、笑顔で呟いた。

「あぁ～。せっかく呼び捨てでいいって言ったのに、悠斗様はこれからもそんな呼び方で接する気なのかな？　ま、ステータスくらいなら鑑定していいよ」

「そう。ありがと！　それじゃあ『鑑定』！」

するとロキさんのステータスが表示される。

【名前】狡知神《こうちしん》　ロキ
【種族】神族
【ステータス】
STR：2000　DEX：6000　ATK：2000
AGI：6000　VIT：6000　RES：6000

DEF：6000　LUK：100（MAX）　MAG：6000
INT：9999
【スキル】　秩序破り《トリックスター》　変身者《トランスフォーム》　断罪《ジャッジメント》　神獣召喚《サモン》

子供の姿の神様だけど、神様というだけあって圧倒的なステータスを誇っている。

ステータスも圧倒的だが、スキル欄にあるスキル名も物騒なものが多い。

・秩序破り《トリックスター》：因果律に干渉し、改変することができる。
・変身者《トランスフォーム》：対象を変身させる。
・断罪《ジャッジメント》：神聖なる力で敵を浄化し消滅させる。
・神獣召喚《サモン》：神蛇《ヨルムンガンド》、神狼《フェンリル》、死神《ヘル》を召喚する。

この中だと多分、『変身者《トランスフォーム》』がカマエルさんの言っていたうってつけのスキルなのだろう。

しかし、カマエルさんを召喚した時も思ったけど、この一柱を召喚できた時点で、国くらいなら簡単に滅ぼすことのできる戦力が手に入ったのではないだろうか。

特に、『秩序破り《トリックスター》』や、『神獣召喚《サモン》』が強力すぎるな。

「ロキさんってすごく強いんだね」

「そうだよ～。ボク最強なの♪　それで、悠斗様はなんでボクを召喚したの？　もしかしてボクに会いたかったから？　その気持ちはすごーくよくわかるな～」

俺にはその気持ちがすごーくよくわからない。

「ロキ。いい加減にしなさい。私が悠斗様にあなたを召喚するようお願いしたのです」

「へぇ～。カマエルがボクを呼んだんだ。それで？　カマエルは何でボクを呼び出そうと思ったの？」

「それは……」

すると、カマエルさんが俺の方に視線を向けてくる。

俺が虫に弱いからとは、自分の口からはなんとなく伝えづらいと考えているのだろう。

俺はゆっくり手を挙げると、ロキさんに向かって呟いた。

「その～。なんというか……俺、虫や爬虫類《はちゅうるい》、幽霊とかも苦手だから、ロキさんに何とかしてほしいかなって……」

その言葉を聞いたロキさんは、目を丸くした。

「そっかぁ、悠斗様はそういうものが苦手なんだ～？　うんうん、わかる。とってもよくわかるよ～、ボクにも苦手なものがあるからね～。悠斗様の嫌いなものはみーんな違うモンスターに変えてあげるから大船に乗ったつもりでいてよ」

そして笑みを浮かべると、俺の手を引いて十階層のボス部屋へ向かうよう促してきた。

「さあ、そろそろボスを倒して十一階層へと向かおっか」

15　ロキの能力

ロキさんが手をかけると、ボス部屋の扉は勢いよく横にスライドする。

今までにないパターンだ。まるで、さっさと入ってこいと言わんばかりの開き方である。

俺とロキさんとカマエルさん、能天使二体が扉を潜ると、ガチンッと音を立てて扉が勢いよく閉まった。

いや、怖いよ！

感覚的に安全機能のない自動ドアみたいなものだ。挟まれたらどうするんだろう。

扉の奥は、ドーム状の部屋だった。どうやらボス部屋は他の迷宮も変わらない造りらしい。

「悠斗様～、なにかが向かってくるよ？」

ロキさんがのんびりとした口調でそう呟くと同時に、不可視のナニカが俺達に襲い掛かってくるのを感じた。

俺が咄嗟に『地属性魔法』で前方に壁を作ると、激突する音とともに、土の壁が崩れる。

そこにいたのは、カメレオンのようなモンスターだった。

鑑定してみると『インビジブルカメレオン』という爬虫類型のボスモンスターのようだ。

体長五メートルもの大型爬虫類である。実に気持ちが悪い……。

どうやら、このインビジブルカメレオンには『透明化』の特殊能力があるらしい。

「『影縛《バインド》』！」

俺は、インビジブルカメレオンを動けなくすると、そのまま、無酸素状態の『影収納《ストレージ》』に収める。

俺の『影収納《ストレージ》』を見るのは初めてだからか、インビジブルカメレオンが影に沈んでいく姿を見て、ロキさんが感心していた。

「悠斗様の影魔法は凄いね～。この迷宮の攻略にボクは必要なかったんじゃないの？」

「いやいや、俺だって万能じゃないんだよ。ロキさんが、ボスモンスターが近付いてきているのを教えてくれなかったら死んでいたかもしれないしね。教えてくれてありがとう！」

ロキさんにお礼を言うと同時に、十一階層への扉が開いた。

「さあ、十一階層への扉が開いた。先に進もう」

そして、十一階層に下りてみるとそこは、なぜか市街地が広がっていた。

正直言って意味がわからない、なぜこんなところにこんなものがあるのだろう。『影探知《サーチ》』で街を探ると、なぜか人型の影を感じる。

「どういうことだと思う？」

そう尋ねるが、カマエルさんも困惑しているようだ。

「前回潜ったマデイラ大迷宮はこのような感じではなかったですし、少し予想しづらいですね」

「あっ！　なんか人が出てきたみたいだよ～」

俺が警戒しながら街を進んでいると、ロキさんが家から出てきた一人の老人を指さして言った。

迷宮内に人？　ここが居住地だとでもいうのだろうか？

そう首を傾げると、俺達の方に、老人が向かってくる。

ロキさんとカマエルさんが俺の前に立ち、警戒心を滲《にじ》ませながら、その老人と対峙《たいじ》した。

「おお、そんなに警戒しないでくだされ、私はこの街に住むしがない老人。ようこそ、アノニマスの街へ。私は貴方がたを歓迎します」

老人は、手を振りながら俺達の横を通りすぎていく。

「何でしょう……本当に迷宮内に人が住んでいるとでもいうのでしょうか？」

カマエルさんがそう気味悪そうにする一方で、ロキさんはどこか楽しげだ。

「ホントにね～♪　なかなか、面白いモノがこの迷宮には棲んでいるみたいだね」

それにしても、ロキさんの様子や今の言い方、何だか引っかかるな。

とはいえ、本当に人であれば、こちらから攻撃を加えるわけにはいかない。

「悠斗様、何が起こるかわからないのが迷宮です。気を引き締めていきましょう」

老人から目を放し、周囲を警戒しようとアノニマスの街を見た瞬間、ガキッという固い音が後ろから聞こえてきた。

振り返ると、さっき挨拶してきた老人が能天使二人に襲いかかっている。

咄嗟に『鑑定』を使用すると、あの老人は、他のものに姿を変える能力を持つ擬態《ぎたい》モンスター、ミミックだと表示された。

「カマエルさん、あいつは人間じゃない！　ミミックだっ！」

「そういうことですか、この街にいる人はすべてミミックということですね！」

よく宝箱に擬態しているイメージだが、ここでは人に擬態しているようだ。

能天使二人に、斬り倒されたミミックは、どろどろと溶け魔石を残して消えてしまった。俺はミミックの魔石を収納指輪に収める。

「こんなに迷宮らしくない迷宮は初めてですよ」

カマエルさんはそう言い苦笑いを浮かべると、老人がアノニマスと呼んでいた街へと足を踏み入れた。

当然、俺とロキさんもその後に続く。

迷宮内に広がるアノニマスの街。

足を踏み入れると、何だか饐《す》えた臭いが街中を覆っている。

「まるでスラム街のようですね……」

「ほんとだね～♪」

あまり臭いを吸わないように最小限の呼吸で街を進んでいると、所々に強烈な臭いを放つゴミが落ちていた。さらに、人に擬態したミミックがこちらを見て涎《よだれ》を垂らしている。

まるで久しぶりの食べ物を見たかのような反応に、背筋が寒くなる。

すると、ロキさんが俺の側に寄ってきた。

「悠斗様。大丈夫だよ～♪　悠斗様を怖がらせるモンスターなんて、み～んなボクが変身させちゃうんだから」

「えっ？　なにを……？」

俺がそう尋ねると、ロキさんは『変身者《トランスフォーム》』と呟いた。

その途端、ミミック達が宝箱の姿に変わっていく。

「これでもう怖くないよ～、大丈夫、大丈夫！　やっぱりミミックといえば宝箱だよね～。あっ、でも開けちゃダメだよ？　せっかく鍵付きの宝箱に変身させたんだからね～。開けたら食べられちゃうかもしれないよ？」

「あ、ありがとう」

「ど～いたしまして♪」

ロキさんのお蔭《かげ》で、たしかに怖くはなくなった。

しかし、これはこれで不思議な光景だ。

周りを見回してみると、スラム街の至るところに宝箱が置かれている。すべてミミックということはわかっているけど、一箱位本物が混じっているのではないかと思ってしまった。

ロキさんに視線を向けると、口を歪めクスリと笑われる。

「あれあれ～？　もしかして悠斗様。これらの宝箱のうち、一個位本物が混じっているとか思ってる～？　ダメだよ。あの宝箱はみーんなミミックなんだから♪」

「そ、そっか……」

心を読まれてしまっていた。残念だが、仕方がない。先に進もう。


驚くことに、十一階層から十九階層までは、すべて街だった。

十一階層と十二階層はスラム街、十三階層から十七階層までは普通の街、そして十八階層と十九階層は貴族街といった感じである。

そして、そこにいたモンスターはすべてミミック。

俺達は街にいるモンスターすべてをロキさんに宝箱に変えてもらいながら進んできたのだ。

しかし俺達が二十階層のボス部屋に来た時には、精神的な意味で疲労困憊《こんぱい》であった。

ロキさんが『変身者《トランスフォーム》』でミミックをすべて宝箱に変えてくれたのはありがたい。

しかし、人に擬態したミミックが目の前で宝箱に変えさせられていく姿を見続けるのはなかなか厳しいものがある。

とにかくもうミミックは見たくない。そう思いつつ、カマエルさんに話しかける。

「これって、二十階層のボスもミミックということはないよね？」

「いえ、おそらくそれに類するモンスターでしょう」

「やっぱりそうだよね～」

そんなわけで、今目の前にある二十階層のボス部屋の扉は、今まで見たものと毛色が違って、王宮の城門のような形状をしていた。

扉を潜ると、鈍い音をたてながら扉が閉まる。

どうやら、扉の中まで王宮のような造りになっているようだ。

さらに異様なことに、迷宮にいるはずなのに、ボスモンスターのいる大広間までレッドカーペットが敷いてあった。

派手なファンファーレが鳴り、大広間の床の魔法陣から、王座に座った王様風のボスモンスターが現れた。

「ロキさん、カマエルさん。あれがボスモンスターかな？」

「おそらくは……」

「え～。ボクは違うと思うな～？」

ロキさんはそう言って、俺とカマエルさんから離れていく。

そのボスモンスターは現れて早々、とても偉そうに声を発した。

「苦しゅうない、近《ちこ》う寄《よ》れ」

なんで中世ヨーロッパ風なのに、言葉遣いが時代劇みたいなのだろう。鑑定してみると、王様風のボスモンスターはやはりミミックだった。

とりあえず『影縛《バインド》』で動きを封じ、ミミックに近付いてから『影刃《ブレード》』で首を落とし、収納指輪に収める。

あまりに淡々としているからか、隣でカマエルさんが「それはひどいのでは……」と呟いていたが無視だ！

俺は、一刻も早くこのミミック地獄から解放されたい。

しかし、ボスモンスターを倒したにもかかわらず、二十一階層へと続く扉が閉ざされたままだ。

不思議に思っていると、ロキさんが軽い口調で声をかけてきた。

「悠斗様とカマエルはなんで、それに乗ってるの～？　モンスターだよ？」

ロキさんの言葉を聞き、俺は足下に敷かれたレッドカーペットを鑑定する。

なんとその正体はシェイプシフターというモンスターだった。

俺達が慌ててレッドカーペットから足を放すとほぼ同時に、レッドカーペットが俺達を食い殺そうと牙を剥いた。

間一髪《かんいっぱつ》、ロキさんが指摘してくれなければ危ないところだっただろう。

ロキさんが俺達から離れていたのは、カーペットに乗らないようにするためだったのか……。

「ロキ！　そういうことは早く教えてください！」

カマエルさんが叫ぶと、ロキさんは舌を出して笑顔を浮かべる。

「ごめんごめん♪　まさかボスモンスターでもないミミックに向かって特攻するとは思わなくってさ。でも、悠斗様に牙を立てようとしたことは許せないかな～――『断罪《ジャッジメント》』」

ロキさんがそう言うと、レッドカーペットに擬態したシェイプシフターを光が包み込む。すると、そこにいたはずのシェイプシフターが消え去っていた。

今度こそボスを倒したためか、二十一階層に続く扉が開く。

「あ～。間違えて消滅させちゃった♪　でもいいよね？　シェイプシフターを倒したところで魔石しか採れないだろうし、こんな雑魚から採れる魔石なんてたかが知れているしね～♪」

俺達がポカーンとした表情を浮かべていると、ロキさんは首を傾けた。

「悠斗様もカマエルも何をボケーっとしているの？　早く次の階層に行こうよ～」

俺とカマエルさんは互いに顔を見合わせると、次の階層に続く階段へと歩き出した。


二十一階層へ続く階段を下りると、そこは湖だった。

こちら側から対岸まで、真ん中に一本橋が架《か》かっている。

どうやら橋の向こう側に、二十二階層への階段があるようだ。

「これって、橋を渡っている時、湖からモンスターが襲い掛かってくるやつだよね……」

「そうなんですか？」

「お～！　面白そうだね♪」

俺の言葉に、カマエルさんは首を傾げ、ロキさんは楽しそうにする。

これからの展開が読めるものの、他に向こう側に行く道は見当たらないため、橋を渡ることにした。

中盤に差し掛かったところで、水面にモンスターの影が浮かび上がった。

どうやら、ようやくこの階層のモンスターのお出ましらしい。

いつ来ても良いように身構えると、ストッという音を立てて、橋に数匹のダーツの矢のような形をした魚型モンスターが刺さる。鑑定してみると、『ニードルフィッシュ』という名前のようだ。

俺達に襲い掛かってきた『ニードルフィッシュ』は、カマエルさんにより真っ二つに斬られ、橋の上でビチビチと跳ねている。

ニードルフィッシュを『影収納《ストレージ》』に収めながら橋を進んでいくと、前方の水面が突然波打った。

するとシュパッという音とともに、大量のニードルフィッシュが俺達に向けて降り注いでくる。

「ヤバい！　カマエルさん！　『断罪《ジャッジメント》』で消し去ることできる⁉」

「こ、この距離であれば……」

そう言うと、カマエルさんは手をニードルフィッシュにかざし、『断罪《ジャッジメント》』を発動させる。眩い光がニードルフィッシュを包み込み、跡形もなく消していった。

「あ、危なかった……ありがとう。カマエルさんがいなかったら大変なことになっていたよ」

「た、たしかに今のはギリギリでしたね……流石に肝が冷えました……」

思っていた以上に、この橋は危険なようだ。

俺達はカマエルさんを先頭に、素早く橋を渡りきると二十二階層へと向かうことにした。

二十二階層は、真っ暗な洞窟だった。影魔法で影を取り除くと、迷宮に光が灯る。

「ロキさん、カマエルさん、次は何が来ると思う？」

「う～ん。ボクは非戦闘員だし、わからないかな～」

「私は……ここまで滅茶苦茶な迷宮は初めてなのでなんとも。だいたいの迷宮は十層毎にフィールドが変わるのですが」

二人ともわからないのかぁ、とりあえず進むしかないな。

洞窟を歩いていると、『影探知《サーチ》』にモンスターの反応を感じる。

「この先、大きいモンスターがいるみたいだ、気を付けて」

カマエルさん達に注意を呼びかけ、先に進んでいくと、ギチギチチッという音が洞窟内に鳴り響いた。

そして、人よりも大きい蟻のようなモンスターが、列をなして襲い掛かってくる。

「キモッ！　カマエルさん！　『断罪《ジャッジメント》』で何とかならない⁉」

「申し訳ございません。この広さで『断罪《ジャッジメント》』を使うのは危険です。場合によっては悠斗様まで消し飛ばしてしまうかもしれません」

「くっ！　やるしかないか！」

カマエルさんと俺が焦る一方で、のんびりとした口調でロキさんが言い放つ。

「ねえねえ、君達。ボクの存在を忘れてない？　『変身者《トランスフォーム》』」

すると人よりも大きかった蟻が、元の世界でもよく見る蟻のサイズに変わっていった。

「まあ、こんなもんかな？　さあ、悠斗様！　経験値獲得の大チャンスだよ♪　この蟻を踏みつぶしながらこの階層を踏破すれば、虚弱《きょじゃく》なあなたでも強壮《きょうそう》に！　さあみんなで蟻を踏みつぶしながら迷宮を踏破しよう♪」

なんで急にセールス番組みたいなノリになったんだ？

そう不思議に思いつつも、俺はロキさんに言われた通り、蟻を踏みつぶしながら迷宮を進んでいく。

少しすると、靴の裏がブスブスと音を立て、泡立ってきた。

「あっ！　忘れてた！　蟻は強力な酸を持っているから気を付けてね♪」

そういう大事なことは早く言ってほしい。

いくら小さくなったとはいえ、このままでは、俺の靴が溶けてしまう。

しかも前を見てみると黒い蟻の絨毯がこちらに向かってきていた。

「悠斗様、『影収納《ストレージ》』で蟻を収納してください！　後で『断罪《ジャッジメント》』で消し去りますので！」

「絶対だからね！」

俺は仕方なく、蟻型モンスターを無酸素状態の『影収納《ストレージ》』へと沈めていく。

本来なら、無酸素状態の『影収納《ストレージ》』に収めてしまえば、ニードルフィッシュはもちろん、蟻達を簡単に倒すことができた。

それをやらなかった理由は一つ。

自分の鞄代わりの収納に虫を入れたくないからだ。どこの世界に好きこのんで、虫の死骸を大量にバッグに詰める人がいるだろうか。

しかし、安全や命には替えられない。

ここからの迷宮攻略では、たとえ虫であろうと『影収納《ストレージ》』に収めることにしよう……。

俺が気落ちしている最中でも、カマエルさんとロキさんはズンズンと迷宮を進んでいく。

どうやら、この階層のモンスターはすべて『影収納《ストレージ》』に収めてしまったため、もういないようだ。

『影収納《ストレージ》』の中を確認すると、夥《おびただ》しい数の……蟻の死体が入っていた。

よかった、五百体も相手をしなくて……『影収納《ストレージ》』に収めるという英断を下した甲斐があったというものだ。

「悠斗様、次の階層に続く階段を見つけました」

そうこうしている間に、カマエルさんが二十三階層に続く階段を発見してくれた。

早速、二十三階層に向かうと、今度のフィールドは森の中だった。

一本道で、その左右に等間隔に並んだ木には、蜂《はち》の巣と思わしきものがぶら下がっている……。

これはもう、嫌な予感しかしない。

「ロキさん、カマエルさん、これって……」

「おそらく、蜂の巣の横を通りすぎると、襲い掛かってくるのでしょう……」

「走り抜けよぉ～♪」

「やっぱり！」

そこから先は覚えていなかった。気付くと二十六階層にいた。そんな感じだ。

人というのは不思議なもので、蜂に追いかけられている時、刺されたくないという必死さ故か、走っている間の記憶が曖昧《あいまい》になるのだ。

知らぬ間に蜂はいなくなっており、俺達は疲労困憊《ひろうこんぱい》というわけである。

カマエルさんに聞くと、二十三階層から二十五階層までのすべての階層が蜂の巣フィールドだったらしい。

ただ、俺達が疲労困憊の中、ロキさんだけは楽しそうな表情を浮かべていた。

俺はカマエルさん達に『聖属性魔法』の『治癒《ヒール》』をかけて体力を回復させた。もちろん自分にかけるのも忘れない。

「ありがとうございます。悠斗様」

「いやいや、こっちがお礼を言いたいくらいだよ。ありがとね、カマエルさん。それでちょっとお願いがあるんだけど、ここから先は、またカマエルさんの影に潜んでいてもいいかな？」

なぜそんなことを言い出したのか。

そう、二十六階層は前回もあったアンデッドが多い階層になっていたのだ。しかも虫や爬虫類系のモンスターがメインの……。

片目の落ちた大きい蜂や、カマキリ、腐った体のオオトカゲ。挙句、何の意味があるのかわからないが、水辺もないのに腐った魚がピチピチッと飛び跳ねている。

それだけではない。至る所に何かの死骸や、骨が突き刺さっており、気持ち悪さとホラーが混ざり合って混沌《こんとん》としている階層なのだ。

ここにいるだけで、寒気がしてくる。

「う〜ん。流石のボクでもフィールドを丸ごと変えることはできないかな。時間をかければ可能かもしれないけど……」

「仕方がありません。悠斗様は、私の影に潜っていてください。モンスターは『断罪《ジャッジメント》』で消し去っても問題ありませんね？」

「もちろんだよ！　ありがとう！」

そう言うと、俺は早速、カマエルさんの影に潜り込み、目を閉じた。

そこからはもう早かった、なにせ二十六階層から二十九階層までのすべての階層が似たようなフィールドなのだ。

ロキさんとカマエルさんの『断罪《ジャッジメント》』大活躍である。

二倍になった『断罪《ジャッジメント》』のおかげであっという間に最終階層である三十階層の扉の前に辿り着いた。

扉は開いており、「いつでも入ってこいや！」と言わんばかりであった。

「じゃあ、行くよ！」

扉を潜るとそこは、今まで以上に広いドーム状の部屋だった。

俺達が足を踏み入れた途端、中央の床に魔法陣が描かれており、それが赤く輝き出したかと思うと、体長五メートルを超える黒いドラゴンが現れる。

鑑定してみると『シャドウドラゴン』というドラゴン種のようだ。

シャドウドラゴンは現れてすぐ、俺達に向かってブレスを吐き出してきた。

俺は、前方に『影盾《シールド》』を展開して、ドラゴンブレスを受け流し、シャドウドラゴンの影を操り『影縛《バインド》』で縛り上げた。

「グルゥ！」

「えっ⁉」

すると予想外のことが起きた。

なんと『影縛《バインド》』で縛り上げたはずのシャドウドラゴンが動き出したのだ。

シャドウドラゴンは、そのまま俺に向かって腕を振り上げてくる。

「悠斗様っ！」

突然のことに呆然としていると、カマエルさんが『断罪《ジャッジメント》』でシャドウドラゴンの腕を消し飛ばす。

「グギャアアアア！」

腕を消し飛ばされたシャドウドラゴンは、一歩後退《あとずさ》ると、カマエルさんを睨み付け、ブレスを吐き出した。

「カマエルさん！」

俺はカマエルさんの目の前に『影盾《シールド》』を展開し、ドラゴンブレスを『影盾《シールド》』で受け流していく。

すると、後ろからロキさんが声をかけてきた。

「悠斗様、シャドウドラゴンに影魔法はあまり効果がないよ～。使うなら属性魔法がいいかもね」

ロキさんの言う通りだ。

『影盾《シールド》』でシャドウドラゴンの攻撃を受け流すことはできるものの、シャドウドラゴンへの影魔法の攻撃は効果がいまいちのように感じる。

ここはそれ以外の方法で倒した方がいいかもしれない。

俺は『水属性魔法』と『地属性魔法』を組み合わせ、シャドウドラゴンの足下を泥に変える。

すると、その変化に対応できなかったのか、シャドウドラゴンは足を滑らせ思いっきり転倒した。

そしてシャドウドラゴンの周囲を『無属性魔法』で作った魔力の塊で覆い、動きを阻害しながら、俺はカマエルさんに向かって声を上げた。

「カマエルさん！」

「わかっています！」

カマエルさんは、横倒しとなったシャドウドラゴンに飛びかかると、剣で首を斬り飛ばす。

首を斬り飛ばされたシャドウドラゴンは脱力し、そのまま動かなくなった。

「ふう。危ないところでしたね」

カマエルさんが剣を鞘《さや》にしまいながら呟く。

まったくだ。まさか影魔法が通用しないモンスターがいるとは思わなかった。

シャドウドラゴンを倒したことを確認し、『影収納《ストレージ》』に収納していく。すると三十一階層へ続く道が現れた。

三十一階層への階段を降りると、以前と同じく、八畳位のこぢんまりした部屋に辿り着く。

迷宮核《コア》のある最終階層のようだ。

部屋の奥には、宝箱と光り輝く水晶のような球体が置かれた台座があった。

まず宝箱に『鑑定』をかけたところ、このように表示された。

宝箱
効果：なし
説明：迷宮の最下層にある宝箱。強力なアイテムや、レアな素材が収められている。

どうやら今回の宝箱にトラップなどは付いていないらしい。

宝箱を開けると、そこにはペンダントと、板状のものが収められていた。

早速鑑定してみると、このように表示された。

精霊のペンダント　虫の知らせ

効果：精霊が宿っているペンダント。

つけている者に、悪いことが起こりそうな時に教えてくれる。

話しかけることで相談も可能。

悪意ある攻撃から身を守る自動防御機能付き。

叡智《えいち》の書

効果：ウェークにあるすべての知が掲載されている。防水・検索機能付き。

叡智の書は、こんな名前だが、元の世界で言うタブレット端末の見た目をしていた。

「どちらも凄い効果のアイテムですね」

「ホントだね～♪」

「これもカマエルさんやロキさんのおかげだよ。ありがとう！」

俺はロキさんとカマエルさんに向かってお礼の言葉を告げ、叡智の書を収納指輪に収めた。精霊のペンダントはつけることにした。

「カマエルさん、迷宮核《コア》二個目で今更なんだけど、これ何に使えるの？」

「マデイラ大迷宮でも少しお伝えしましたが、迷宮核《コア》に、魔力を込めて迷宮を作ったり、素材にして神話級のアイテムを作ったりできます」

「そうなんだ。自分の土地を持って、迷宮を作るのも面白そうだね」

するとその言葉にロキさんが反応を示した。

「えっ、悠斗様、土地を持ったら迷宮を作る予定なの～？」

「土地持っていないし、まだまだ先の話だけどね」

「ふ～ん。そっか～」

「それがどうかしたの？」

「ううん、ちょっと聞いてみただけだよ～」

「……そう？」

なんだかロキさんの言葉に含みを感じる。

俺が首を傾げていると、カマエルさんが話しかけてきた。

「それよりもよろしいのですか？　そろそろ帰らないと、おそらく迷宮の外は夜が明けていると思うのですが……？」

「え、もうそんな時間!?」

普段活動しない時間に動いたせいで、時間の感覚が鈍っていたようだ。

「じゃあ……最後にこれの処理をお願いしてもいいかな？」

俺は、『影収納《ストレージ》』から蟻の死骸をすべて取り出し、カマエルさんに見せた。

「そういえば、そうでしたね。忘れておりました」

危なく、今後も大量の昆虫が入った『影収納《ストレージ》』を使い続けることになるところだった。

いくらロキさんのおかげで小さくなったとはいえ、大量の蟻を自分で処理するのは絶対に嫌だ！

カマエルさんは、『断罪《ジャッジメント》』と呟き、蟻の死骸を消していく。

これで安心して、俺も帰れそうだ。

「それでは、私はここで失礼いたします。ぜひまた呼んでください。今度は、美味しいものでも食べさせていただけると嬉しいですね」

「あっ！　ボクもボクも～！　絶対呼んでね♪」

「わかった。必ず呼ぶよ。楽しみにしてて！」

そう言うと、カマエルさんとロキさんは『天』のカードに戻っていった。

16　変装とポーション作り

カードをバインダーに収納し、迷宮核《コア》を『影収納《ストレージ》』に収めた俺は、『影転移《トランゼッション》』で迷宮を後にする。

『私の宿屋』の自室に戻ると、窓の外は明るくなっていた。

それにしても疲れた。迷宮攻略はやはりスリリングだ。少し眠気もある。

「少し風呂にでも入って疲れを癒やそう……」

俺は部屋に待機させていた『影分身《アバター》』を消すと、ポーション風呂に入りゆっくり身体と心の疲れを癒やしていく。

今回の迷宮は、三十階層の迷宮にもかかわらず、だいぶ難易度が高いように感じた。

というより、虫、爬虫類、魚、アンデッドばかりで、俺にとって難易度が高かった。

昼に見つけた時はそれなりの人数が監視していたが、あの迷宮は何だったのだろうか。

素材が取れるゴブリンなどのモンスターが道中ほとんどいなかったので、冒険者もほとんど足を踏み入れないだろう。

「まあそんなことを考えても仕方がないか……」

俺は、ポーション風呂を出ると、備え付けのボタンを押して、朝食を用意してもらうようお願いする。

相変わらずの美味しさに感動しながら食事を終え、ベッドでゴロゴロしていると眠気が襲ってきた。

昨日は、迷宮攻略の前に寝ておいたものの、やはり眠いものは眠い。

俺は枕に顔を埋めたままうつ伏せになると、朝日が部屋を明るく染める中、ゆっくりと眠りに就いた。

ふと目を覚ますと、太陽が真上に昇っていた。もう昼をすぎたあたりか。

部屋で昼食を済ませ、再度ベッドでゴロゴロしていると、迷宮で手に入れた『虫の知らせ』が震えだす。

同時に、頭の中に響くような声が聞こえてきた。

『アゾレス王国とマデイラ王国が悠斗のこと、捜《さが》してる……黒髪の子供の冒険者、捜してる……』

ああ、これが『虫の知らせ』の効果か。

それにしても、マデイラ王国やアゾレス王国が俺を探してる？　マデイラ王国はなんとなくわかるんだけど、アゾレス王国まで俺を捜す理由がわからない。なんでだろう？

『悠斗、さっき迷宮攻略したから……迷宮攻略前……迷宮近くにいた人、あそこにいた人以外は悠斗だけ……』

心の中で疑問に思ったことにも答えてくれるらしい。

そういえば、『鑑定』では、ペンダントには精霊が宿っているとか書いてあったっけ……。

「教えてくれてありがとう。精霊さん」

俺は精霊のペンダントを撫で、精霊さんにお礼を告げると、考えこむ。

どうやら俺は、両方の王国に目を付けられてしまったらしい。

昨日の夜に忍び込んで迷宮を攻略したことで、そこを管理していた人達に捜索されているという状況だろう。

仮に攻略したのが俺だと気付かれてなくても、あの周辺にいた騎士団以外の人間だから、参考人にしようとしているのだろうか。

とはいえ、両国が捜しているのは、『黒髪の子供の冒険者』。

冒険者ギルドは、十五歳から登録することができる。

見た目が子供っぽい冒険者は相当数いるため、その部分で俺を特定するのは難しいはずだ。問題となるのは、髪の色だ。

どうやらウェークでは、髪が黒い人は珍しいらしい。

たしかに、今まで見てきた人の髪の色を思い浮かべると、茶髪や金髪、白髪などが多く、真っ黒な髪はあまりいないように思える。

「う~ん。一人で考え込んでも埒《らち》が明かないな、カマエルさんに相談してみよう」

俺は影の中に潜り『召喚』スキルでカマエルさんを呼び出し、相談することにした。

「ということで、カマエルさん。なんかいい方法はないかな？」

「まさか、数時間で再召喚されるとは思いもしませんでしたよ……それにしても、両国に目を付けられるとは……人間の世界はいささか面倒臭いですね。いっそのこと『天ノ軍勢《アーミィ》』で滅ぼした方がよろしいのではないでしょうか？」

流石は大天使、発想が過激である。

「それは流石に駄目だよ！　目を付けられる毎に国を滅ぼしていたんじゃ、地上から国が消えちゃうよ」

カマエルさんは……あっさり引き下がると、こんな提案をしてきた。

「それもそうですね。では、『召喚』でロキを召喚してはいかがでしょうか？」

「えっ？　ロキさんを？　ちょっと待って」

俺はバインダーを確認すると、ロキさんを再び召喚した。

「あれ～、悠斗様。カマエルまで一体どうしたの～？」

「ロキのスキルを使えば、髪の色くらい簡単に変えることができます。もちろん、姿や形を変えることもできますが、いかがいたしますか？」

どうやら、ロキさんのスキルで見た目を変える、というのがカマエルさんの案らしい。

俺が悩んでいると、ロキさんが楽しそうに話しかけてくる。

「悠斗様、変身したいの？　いいね♪　いいね♪　戦隊ものとか、子供なら一度は憧れるもんね」

「いやいや、そういう変身じゃないよ!?」

もしかして、神様って元いた世界の文化にも詳しいものなんだろうか？

「ロキ、私の話を聞いていましたか？　悠斗様の髪の色だけ変えるのです」

カマエルさんがそう言うと、一瞬ロキさんは不貞腐《ふてくさ》れた表情を浮かべた。本当に一瞬だけではあったけど……。

「ちぇっ、冗談のつもりだったのに～。それで悠斗様は何色の髪に変えたいの～？」

「うーん、明るめの茶色がいいかな？　この世界の人、結構、茶髪の人多いし……」

「じゃあ、早速変えちゃうね！　髪の色だけへんし～ん！」

ロキさんがそう口にすると、髪の色が黒から明るめの茶色に変わっていく。

「これでオッケーだよ～♪　これから伸びてくる髪の色も茶色になるから、黒色に戻したい時はまた言ってね」

「ロキさん、ありがとう」

「どういたしまして♪」

そう言うと、ロキさんはなにかを思い出したかのように呟く。

「そういえば、悠斗様はなんで、ステータスポイントを振り分けないの～？」

「えっ、どういうこと？」

ステータスポイント？

一体なんのことだろう？

「えっ？　知らないの～？　悠斗様のステータスに表示されている『？？？』って、ステータスポイントのことだよ？　悠斗様って転移者でしょ？　転移者特典ってホントお得だよね～♪」

『？？？』はそういう役割があったのか！

確認するために、「ステータスオープン」と呟く。

【名前】佐藤悠斗
【レベル】60　【年齢】15歳
【性別】男　【種族】人族
【ステータス】　STR：800（UP）　DEX：4500（UP）　ATK：800（UP）
AGI：800（UP）　VIT：800（UP）　RES：800（UP）
DEF：800（UP）　LUK：100（MAX）　MAG：7000（UP）
INT：6000（UP）　？？？：999
【ユニークスキル】言語理解　影魔法　召喚
【スキル】鑑定　生活魔法Lv2　属性魔法

ロキさんの話を聞く限り、この『？？？』のポイントをゲームのようにそれぞれのステータスに振り分けることができるようだ。

しかも転移者特典とも言っていたので、もしかしたら、愛堕夢や多威餓にもこの『？？？』があるのかもしれない。

まぁ、今となっては確かめる術もないし、どうでもよくはあるのだが。

ともかく、今はステータスの割り振りだな。

「ロキさん、『???』にあるポイントは、どうやって振り分けるの?」

「頭の中で、『こう振り分けたい!』って思えば簡単に振り分けられるよっ」

俺は、ロキさんの言う通り頭の中でステータスの振り分けを行ってみた。

その結果、次のようにステータスが変化した。

【名前】佐藤悠斗
【レベル】60　【年齢】15歳
【性別】男　【種族】人族
【ステータス】
STR：800　DEX：4500　ATK：800
AGI：2799（UP）　VIT：2800（UP）　RES：2800（UP）
DEF：4800（UP）　LUK：100（MAX）　MAG：7000
INT：6000　???：0
【ユニークスキル】言語理解　影魔法　召喚
【スキル】鑑定　生活魔法Lv2　属性魔法

気付くと、一気に人外ステータスとなってしまったようだ。

「ロキさん、カマエルさんありがとう。すごく助かったよ」

ロキさんに髪の毛を茶髪にしてもらった俺は、二人にお礼を言う。

「いや～。そんな大したことは……してるかな？　またちょくちょくボクを呼んでくれるだけでいいよ♪」

「こら、ロキ。悠斗様に失礼ですよ！　とはいえ悠斗様、私もまた呼んでくれると、とても嬉しいです。また迷宮に遊びに行きましょう」

そう言って、二人は『天』のカードに戻った。

俺は、カードをバインダーに収納すると、ベッドの上でゴロンと横になる。

「でも茶髪にしたとはいえ、たぶん俺に辿り着くだろうな……」

国の調査力を侮ることはできない。

茶髪にして印象を変えたとはいっても、顔のつくりまではどうすることもできないからな。

ロキさんに頼めば、姿形を自由に変えられるんだろうけど、流石にそれはしたくないし。

しかし、そんな国を挙げて捜されるとは思いもしなかった。

この国、結構居心地がいいんだけどな。

「まあ、シラを切ればいいか」

誰もFランク冒険者が迷宮を踏破したとは思うまい。

なにせ、森にあった迷宮を俺が見つけたのは昨日の話なのだ。たった一日で迷宮を踏破するなどということはSランク冒険者でも無理な話だろう。

まあSランク冒険者の実力は知らないけれども……。

だんだん考えるのが面倒臭くなった俺は、ポーション風呂に入りリラックスすることにした。

湯船でゆっくりしていると、ふと急に『ポーションってどうやって作るんだろう？』という疑問が湧いてくる。

以前、癒草というポーションの原料を採取したし、現在進行形でもポーション風呂に入っているんだ。せっかくなら作り方を知りたい。

俺は、収納指輪から叡智の書を取り出すと、検索機能を使い、ポーションの作製方法について検索してみる。

するとポーションと同等、またはそれ以上の性質を持つ薬品の作り方が数件表示された。

どうやら、ポーションの作り方には、癒草と水を使った方法と、水に聖属性魔法を込めることで作る方法の二種類があるようだ。

癒草と水を使った方法では、使う癒草が多ければ多い程、水に聖属性魔法を込める方法では、聖属性魔法をかければかける程、ポーションのランクが上がっていくらしい。

『叡智の書』には次の通りに表示された。

初級ポーション五本分：癒草×二束＋水一リットル

中級ポーション五本分：癒草×二十束＋水一リットル
上級ポーション五本分：癒草×五十束＋水一リットル

初級ポーション五本分：聖属性魔法　魔力十＋水一リットル
中級ポーション五本分：聖属性魔法　魔力五十＋水一リットル
上級ポーション五本分：聖属性魔法　魔力百＋水一リットル

この内容を見る限り、俺の魔力量なら、一度に作れるポーションは、初級ポーションで三千五百本、中級ポーションで七百本、上級ポーションで三百五十本作ることが可能だ。

ただし、俺の場合、空気中に含まれる魔力も利用できるため、空気中の魔力が枯渇しない限り、際限なく作れるだろう。

試しに、今入っているポーション風呂に『聖属性魔法』をかけてみた。

すると、ポーション風呂全体が光り出し、入浴しているだけで、細かい傷や、疲れがどんどん取れていくことを体感できた。心なしか肌もつやつやしている気がする。おそらく美容効果もあるのだろう。

これ、水と容器さえあれば大儲けできるんじゃないだろうか？

そういえば、『私の商会』でポーションの価格を聞いた時、『最近、高騰しているんですよ』とか言っていた。

具体的な価格はこうなっているとか。

初級ポーション：鉄貨二枚↓鉄貨四枚
中級ポーション：銀貨二枚↓銀貨五枚
上級ポーション：銀貨六枚↓金貨一枚

上段が普段の相場、下段が今の価格ということで、どうやら通常価格の約二倍の金額で売られているようだ。

よし、思い立ったが吉日と言うし、風呂を出たら、早速、ポーションを作って商業ギルドに卸《おろ》してみよう。

俺は叡智の書を収納指輪にしまい、風呂からあがると、すぐにポーション用の瓶を買いに、商業ギルドに赴《おもむ》くことにした。

商業ギルドに着き、受付で瓶を買いたい旨を伝えると、一本につき銅貨五枚が必要だと言われた。

ポーションの値段を考えると、銅貨五枚で瓶一本を買えるなら安い気がするが、納品まで一ヶ月ほど掛かるそうだ。

ただ、商業ギルドの瓶を使わなくても、規定の量が入っていれば、瓶の形状に決まりはないらしい。

　ということで、俺は商業ギルドから出ると、瓶の自作を試みることにした。

　ギルドに近い南門から外に出ると、人気《ひとけ》のない場所まで移動する。そしてそのまま、『地属性魔法』で瓶を大量生産していく。商業ギルドでは、最低納品数は百本ということなので、栄養ドリンクの瓶をイメージし、まずはどんどん瓶を作製することにした。

　もちろん、ランク別に瓶の形を変えることも忘れない。

　各一万本ずつ瓶の作成を完了したところで収納指輪に収め、次にポーション作りに取りかかる。

『地属性魔法』で、まるで浴槽のような大きさの器を作ると、そこに『水属性魔法』で水を溜めていく。あとは『叡智の書』で検索した通りに『聖属性魔法』を発動させポーションを量産し、瓶に入れていけば完成である。

　正直、ポーションを作成するより、瓶に移す作業の方が大変だった。

『影分身《アバター》』で人数を確保し、瓶にポーションを入れる作業をすること数時間。

　ようやくポーションが完成した。そのまま商業ギルドに戻って納品すると、従業員さんが驚きの表情を浮かべる。

　初回なのでインパクト重視で、作ったポーションを各ランク一万本ずつ納品したのがいけなかっただろうか。

「ゆ、悠斗様……これは……!?」

「初級、中級、上級ポーションを各一万本ずつです」

すると商業ギルドの職員が震える手で、ポーションの入った瓶に手をかける。

「な、中身を確認するため、一本開けさせていただいてもよろしいでしょうか？」

「もちろん大丈夫です。確認してみてください」

商業ギルドの職員が、初級、中級、上級ポーションを各一本ずつ確認すると、感嘆《かんたん》の息を漏らす。

「これは凄いですね……どのポーションも品質が良い」

「ありがとうございます」

「買取価格についてですが、いくらをご希望でしょうか」

正直、魔法で作製したため、原材料費は無料。かかった費用といえば俺の人件費くらいである。

『私の商会』の職員も、ポーションが値上がりしていて困っていると言っていたし、かなり安く売ることに決めた。

これで、市場に出ているポーションの価格が下がるなら、それに越したことはない。

というわけで、現在の相場の約十分の一で売ることにしてみた。

初級を鉄貨四千枚、中級を銀貨五千枚、上級を金貨千枚という感じだ。白金貨に直すと百五十四枚かな。

そう告げると、商業ギルドの職員は目が飛び出そうな程驚いている。

「悠斗様、ほっ、本当にその価格で卸していただけるのですか？」

「もちろんです。アゾレス王国には大変お世話になっているので、週に三回はこの価格で卸させていただきたいと思います」

「そ、それでは、こちらが白金貨百五十四枚になります。これからもぜひよろしくお願いします」

ただで作ったものをこんな高額で売るのは忍びないけど、安定した収入源を得られたのは俺としても嬉しい。

お金を受け取ると、『私の宿屋』に戻ることにした。

◆◇◆◇◆

俺の名前は、アゾレス王国第四騎士団の団長、キリバスである。

俺達は、アゾレス王国とマデイラ王国の境の森にある『名もなき迷宮』の監視というとても重要な任務に就いている。

この名もなき迷宮は、我が国と敵国マデイラ王国の両国がお互いに権利を主張している。

今この時も、向かい側では、マデイラ王国側の騎士が『名もなき迷宮』の監視をしていた。

いざとなったら、制圧も指示されているが、向こうの国の女騎士団長も俺に負けず劣らず優秀なため、なかなか手を出せずにいる。

そんな彼女も、代わり映えのない任務に辟易《へきえき》しているのか、「早く本国に帰りたい」などとぼやいているようだが……。

聞いた話によれば、向こうの国にあるマデイラ大迷宮はつい最近踏破され、必要な迷宮核《コア》まで持ち去られたとのことだ。

本国は大慌てだろうが、俺達は日がな一日、何の変化も起きない迷宮付近を見ていることしかできない。

退屈と思うのも無理はない。

今日もいつもと変わらぬ、睨み合い……もとい名もなき迷宮の監視業務を行っていると、黒髪の子供が名もなき迷宮の入り口までやってきた。

黒髪か……このあたりじゃ珍しい髪の色だな。

向かいにいる騎士達もそれに気付いたのか、警戒体勢に入っていた。しかし、飛び出そうとしたところを、団長が止めたようだ。こちらに隙を与えないためだろう。

そう考えていると、少年は洞窟の横にある掲示板を見て、すぐに元きた道を引き返していく。

きっと、迷宮があることを知らなかったのだろう。

迷宮に入ろうものなら、強引にでも止めに入らなければならないところだった。

なにせ、あの迷宮は現在はどちらの国のものでもなく、それゆえに冒険者が持ち出した素材の権利がどちらにあるのか、もめることになるからだ。

それにしても、こんな森深くに子供が来るとは……冒険者か？

この森にはポーションの原料になる癒草や毒消草が生えているから、きっと、採取依頼を受けてこの森にきたのだろう。

それ以外に変化はなく、名もなき迷宮はいつも通りだった。

早くこの任務が終わりにならないだろうか……。

俺までそんなことを考えるようになってしまった。


翌朝、目が覚めると『名もなき迷宮』の監視業務に就いている騎士が騒いでいた。

まったく、困った奴らだ。監視一つできんのか。

目覚まし代わりに両手で顔をバチンッと叩き、騒いでいる騎士のもとへと向かう。

すると、騎士が俺を見つけるなり、こちらにまっすぐ向かってくる。

「だっ、団長！　大変です！　名もなき迷宮が、名もなき迷宮がっ！」

「落ち着かんか！　名もなき迷宮がどうした⁉」

「な、名もなき迷宮がただの洞窟になってしまいました！」

「なっ、なにぃ⁉　一体どういうことだ⁉」

「わ、わかりません⁉　いつも通り監視していたら、急に迷宮入口にある掲示板に変化があり、確認してみると階層の情報がなくなっていたのです！」

「な、なぜだ……一体なにが起こっている⁉」

マデイラ側もこの事態を知ったのか、慌てている様子だ。

現場を調査するため、急いで迷宮の入り口に向かう。

俺達が、掲示板を確認していると、後からマデイラ側の部隊がやってきた。

こちらの顔を見るなり、向こうの女騎士団長が口を開く。

「今は一時休戦としましょう。こちらの解決が先だもの。いいわね？」

「ああ、それどころではない様子だからな」

考えることは同じだったか。

とはいえ、確認してわかったことと言っても、掲示板に記載されている『現在の階層』がなくなっていたことくらい……。

その後、迷宮に入ってみてもモンスターの一匹すら現れることはなかった。

すぐさま撤収し、宰相にこのことを報告すべく、城へ向かう準備をする。

「一度城へ戻るぞ！　すぐに国王へ報告しなければ！」

「わかりました！　名もなき迷宮の監視はどうしましょう？」

「迷宮の階層数の増加の影響で、一時的に現在の階層が空白になっているだけかもしれん！　こちらで調査する人員も必要だ。引き続き監視業務に就け！」

「了解しました！」

「ライン！　ライン副団長はいるか!?　お前は俺についてこい！　王宮へ報告に行くぞ！」

「は、はい！」

俺は、副団長を連れ、急ぎ王宮へと報告に向かった。

向こうの陣営も、団長が馬に乗ってマデイラへと戻っていくところだった。

マデイラ王国からすれば、自国の迷宮に続けて二つ目の被害だ。

事態はいっそう深刻かもしれない。

アゾレス王国の王宮へ到着すると、早速、宰相へと『名もなき迷宮』が沈黙してしまったことを報告に向かう。

「宰相！　ギニア宰相はいるか⁉」

王宮にある宰相の部屋に辿り着いた俺は、ノックもせず扉を開く。

いきなり開いた扉に、ギニア宰相はギョッとした表情を浮かべた。

「なにを慌てている。ノックくらいしたらどうだ？　もう少しで仕事が終わる、それまで待っておれ」

ギニア宰相はそう言うと、椅子に座り仕事に戻ろうとする。

「それどころではない！　監視していた名もなき迷宮が洞窟になってしまった！」

その言葉を聞き、急に宰相は表情を強張《こわば》らせる。

「な、なに⁉　お前達は何をやっていた⁉　それはいつの話だ！　なんでそんなことになっている、なぜそれを食い止めることができなかった！」

畳みかけるような質問の数に思わずたじろぐ。

だが、ギニア宰相が声を荒らげるのも当然のことだ。

なにせ現状では、マデイラ王国との戦争の火種になっているとはいえ、一方で国に素材や宝という莫大な富を与えてくれるはずだった迷宮が、ただの洞窟になってしまったのだ。

「原因は不明だ。おそらく、迷宮が踏破され迷宮核《コア》が持ち去られてしまったと思われる。夜警していた騎士によると、明け方には、迷宮が洞窟に変わっていたそうだ」

「ふざけるなぁ⁉　今すぐ原因を調査しろ！　国王に、国王陛下に何と報告すればいいんだ⁉」

ギニア宰相はひとしきり怒鳴ったことで少し落ち着いてきたのだろう、息を整えると、迷宮が沈黙する前後の状況を俺に尋ねてきた。

「キリバスよ。迷宮が洞窟になる前、何か変わったことはなかったか？　どんな些細《ささい》なことでもいい」

俺はその日のことを頭に浮かべる。監視は完璧《かんぺき》だったはずだ。少なくともマデイラ王国側の騎士達が洞窟に入ったという形跡もない。

……他にあったことと言えば、昨日、黒髪で子供のような冒険者が名もなき迷宮の前に来たくらいのものだ。

俺が一応そのことを告げると、ギニア宰相は声をあげた。

「すぐに、その黒髪で子供のような冒険者について調べろ！　見つけ次第、その子供をここに連れてくるのだ！」

「「はっ！　承知しました！」」

俺達はそう言うと、すぐに冒険者ギルドに向かうのであった。

17　ポーション騒動

俺、悠斗がポーションを商業ギルドに卸し始めてから二週間が経った。

しかし、毎週三回、商業ギルドに各一万本のポーションを流しているが、一向に店頭のポーションの値段が下がらない。

「う〜ん。週に九万本のポーションを卸しているのに、なんでだろ？」

俺は二週間の間に、累計十八万本ものポーションを商業ギルドに売り渡している。

これだけ破格の値段でポーションを卸しているのに、値段が下がらないのはおかしい。

基本的にポーションなどの販売をする商会は、商業ギルドから商品を仕入れている。もちろん、個人で作ったものを販売する個人商会もあるが、それは少数とのこと。

もしかして、商業ギルドが値段を据え置きで販売しているのではないだろうか？

そう思った俺は、『私の商会』に向かい話を聞くことにした。

俺が『私の商会』に入ると、髭を生やした小太りの中年男性の店員が迎えてくれる。

「いらっしゃいませ、本日はどのような品物をお求めですか？」

俺は、マスカットさんからもらったサイン入りの名刺を店員に見せ、マスカットさんと会いたい旨を伝える。

「すいません。まだマスカット会頭は、こちらにいらっしゃいますでしょうか？」

するとマスカットさんの名刺を見た店員さんが震え上がる。

「これは……しょ、少々お待ちくださいませ……」

店員さんは急いで商会内に入っていくと、マスカットさんを連れて戻ってきた。

「おお、悠斗君！　どうしたんだ、その髪は。今日はなんだ、ようやく決心がついたか！」

「髪はちょっと色々ありまして……それですみません。今日は以前お話しいただいた護衛の件ではなく、ポーションについてお聞きしたいのですが……」

「んっ？　ポーション？　わかった。私の部屋で話を聞こう」

マスカットさんはそう言うと、部屋へと案内してくれた。

ソファーに腰掛けたところで、早速、ポーションについて話を聞いてみることにする。

「して……話とは？」

「実はここ二週間程、週に三回、商業ギルドに各一万本のポーションを破格の値段で卸しているんです。ですが、全くポーションの値段が下がらなくって……その理由が知りたいんですよね。なぜなのでしょうか？」

俺がそう聞くと、マスカットさんは頬を引き攣らせる。

「破格の値段というと、一体いくらなんだ？」

「初級ポーションを銅貨五枚、中級ポーションを鉄貨五枚、上級ポーションを銀貨一枚で卸しています」

それを聞いたマスカットさんが大声を上げた。

「なにぃ!?　今の値段の十分の一ではないか！」

「そうなんですよ。既に十八万本は卸しているはずなのに、店頭での値段が下がらないのはおかしいと思いまして……」

「たしかに、アゾレス王国がいくら戦時中とはいえ、それだけの本数を卸して、値段が下がらないのはおかしい……ギルドの中にピンハネしている奴がいるかもしれないな……」

「ピンハネですか？」

「そうだ。他人に取り次ぐ資金や代金の一部を、不正に掠《かす》め取ることだ。今回の場合、悠斗君からの仕入値をごまかして得た利益を掠め取っている奴がいるのかもしれん……」

「なるほど、それでポーションの値段が……」

まさか商業ギルド内でそんなことをする奴がいるとは思わなかった。

失敗したな……と思っていると、マスカットさんがとある提案をしてきた。

「悠斗君、そのポーションを『私の商会』に卸す気はないか？　『私の商会』なら様々なネットワークを持っている。現在の市価を下げることができるかもしれん」

「えっ？　いいんですか？」

「むしろこちらの方からお願いしたいくらいだ。商業ギルドと契約書を交わしているわけではないんだろう？」

　思い返してみると、そういったやり取りはなかった。

「特にしてないですね」

「なら問題ないな。通常取引をする際に契約書を交わすのは当たり前だ。おおかた、ピンハネした証拠を残さないために、金だけ支払ったのだろう」

「なるほど……それでは、これから週に三回、各一万本のポーションを『私の商会』に卸したいと思います」

「よし、契約成立だな」

　マスカットさんはそう言うと、店員さんに契約書を持ってくるよう指示をする。

　書類に、納品数と金額を記入し、最後にサインをした。

　正本をマスカットさんに渡し、副本を収納指輪へと収納したところで、マスカットさんが首を傾げた。

「しかし、これだけの本数を収めるのは大変だろう。契約書を取り交わした後に言うのも何だが大丈夫か？」

かなり心配そうな表情を浮かべている。ここは正直に言っておこう。

「実はポーションを作り出すのは問題ないのですが、瓶に詰める作業が大変でして……」

マスカットさんは、口に手を当てて少し考え込んでいたが、パッと顔を上げた。

「ふむ、そうか……それならいっそのこと、『私の商会』に製薬を専門に取り扱う部署を作ろう。そこに瓶と大きい器ごとポーションを卸してくれないか？　瓶の製造が難しいようならポーションだけでもいい」

あまりの好待遇に俺は呆然としてしまう。

「え!?　いいんですか？」

「もちろんだ」

俺は、マスカットさんと握手を交わすと『私の商会』を後にした。

そういえば、最近、商業ギルドにしか足を運んでいなかったが、冒険者ギルドでも動きがあったようだ。

というのも、精霊のペンダントの情報だと、冒険者ギルドの中と外にアゾレス王国の見張りがついているらしい。

どうやら、『黒髪の子供のような冒険者』を探して聞き込みなんかも行っているようだ。

髪の色は変えているが、やはり見張りがついているうちは俺が彼らの捜している人物だとバレる可能性はある。

迂闊《うかつ》に冒険者ギルドに近付かないよう気を付けなければ……。

『私の商会』にポーションを卸し始めて一週間、ポーションの価格は元の水準まで落ち着いてきた。

どうやら『私の商会』経由で、様々な商会に俺のポーションが流れ、市価が下がり出したようだ。

そのせいか商業ギルドはポーションが売れず困っているらしい。

それもそうだろう、市価よりも高い値段で、商会に卸そうとしているのだ。当然、売れるはずもない。

そしてこれも精霊のペンダントから得た情報だが、最初に対応してくれた商業ギルドの職員が俺を捜索《そうさく》しているようだ。

これで商業ギルドと冒険者ギルドの両方に行きにくくなってしまった。

まあ、『私の商会』にポーションを卸しているから金銭的に全く問題ないんだけど……。

◆◇◆◇◆

私の名前はケイマン、アゾレス王国の商業ギルド、ポーション売買部門の部門長である。

つい先日、アゾレス王国の製薬部門より左遷《させん》……もとい天下りし、この役職についている。

最近、ポーションの値段が高騰しており、数々の商会から、ポーションの仕入価格をどうにかできないか相談があった……だがそんなことは私の知ったことではない。

私の仕事は、国に安くポーションを流すことが最優先。そして、そのおこぼれを市場に流すことにある。

もしかしたら、この働き次第で国の役員に栄転することができるかもしれないしな……。

商会の多くは、ポーションを作る部署など用意していない。そのため、ポーション作製を生業《なりわい》としている個人の多くが商業ギルドにポーションを卸しにやってくる。

つまり、商業ギルドが数々の商会を代表して、ポーションを仕入れてやっているのである。

さて、今日もポーションを安く買い叩き、国にポーションを流すとしよう。

受付に座り、いまかいまかとポーションを売りに来る人間を待ち構えていると、子供がやってきた。どうやら、ポーションを売りにきたらしい。

まったく、ここをどこだと思っているんだ。

そんな風に考えていたが、その子供が、初級、中級、上級ポーションを各一万本ずつ売りにきたと知って、今までの非礼を心の中で詫びる。

各一万本というだけでも驚くのに、一本ずつ確認させてもらうと、すべて最上品質のポーションということが判明した。しかも、そのポーションは僅かに光を帯びている。

一瞬、『これ、ポーションではなく万能薬なんじゃ……?』と考えてしまったが、あれは教会の専売特許。こんな子供に万能薬を作れるはずがない。

これは私にも運が向いてきた……そう思いながら価格交渉をしてみると、現在の市価の十分の一で卸してくれるらしい。しかも週三回もである。

この子供は、現在のポーションの市価を知らないのだろうか？

もしかしたら、契約書の存在も知らないのかもしれない……。

本来は、契約を交わしたうえで、継続的にポーションを卸しに来てもらうところだが、所詮子供だ。なにも交わさなくてもポーションを売りに来るだろう。

なにせ、私がポーションの代金である白金貨百五十四枚を持っていった時、少し驚いた顔をしていたくらいだ。もしかしたら白金貨を見るのも初めてなのかもしれない。

私は、この子供に代金を支払った後、契約書を偽造して、ギルドに保管する。

各一万本のポーションを高騰前の定価より少し安い値段で買い取ったことにし、差額を私の口座へと移した。

思わぬところでぼろ儲《もう》けできてしまった。

あとは、ポーションを定価より安く国に流し、残りを現在の市価で流せば、国の評価と商業ギルドの評価の二つの評価が爆上がりすること間違いなし。

ああ、あの子供が天使に見えてきた。ありがとう悠斗様！　これからも私のためにポーションを運んできてください。

しかし三週間も経つ頃には、事態が急変した。

なんと悠斗様が商業ギルドに現れなくなってしまったのである。

最初の二週間は、週三回欠かさずポーションを卸しに来てくれた。

そのたびに美味しい思いができたものだ。

しかし、ここ一週間、突然音沙汰《おとさた》がなくなってしまったのである。

なんだ⁉　事故にでもあったのだろうか？

ああ、悠斗様！　国には、定期的に二万本のポーションを卸す約束をしてしまったのです。

もし無事なら早く、私のところにポーションを卸しに来てください！

そうこうしている内に、ポーションの市価が下がり始めた。

居ても立ってもいられず、近くの商会を確認すると、なんと、悠斗様のポーションの瓶と全く同じものが置かれている。

あまりの出来事に私の手が震えだす。

あのガキッ！　商業ギルドから商会に鞍替《くらが》えしやがった！

商会の店員に話を聞くと、どうやら『私の商会』からポーションが流れているらしい。

まずい、まずい、まずい、まずい、まずい！

国には、定期的に市価の三割引きで卸す約束をしてしまった。

それもこれも、悠斗様が市価の十分の一で卸してくれるのを見込んでのことだ。

今さらなかったことにはできない。

それにまだ商業ギルドには大量のポーションの在庫が余っている。

しかも、契約上、現在の市価よりも高く購入したことになっているポーションがだ。

つまり、これを今の相場で出せば、帳簿上は損失となり、私の評価が下がってしまうのだ。

それから少しの間、私は頭を抱えながら受付業務をすることになる。

早く、悠斗様が商業ギルドに訪れてくれることを願いながら……。

そして数日が経った。


それからというもの、私は様々な手段を使い、彼を探していた。

しかし、全く手掛かりが掴めない。

「あの悠斗という子供はまだ見つからないのか⁉」

「は、はい、申し訳ございません」

俺の言葉に、部下は頭を下げるばかり。

直属の部下に怒鳴っても仕方がないことだとはわかっている。

しかし何かに当たらずにはいられなかった。

なにせ悠斗が持ってくるポーションを見込んで、国には安く卸す約束をしてしまっている。

また、大量の在庫となってしまった市価よりも高いポーションにも頭を抱えている。

「なぜ見つからないのだ！　『私の商会』からポーションが流れていることは掴んでいるんだぞ！　しっかり見張りをしているのか⁉」

「は、はい！　申し訳ございません。常時、二名の従業員を見張りにつけているのですが全く足取りがつかめません」

私は乱暴に椅子に座ると、天井を仰ぎため息をつく。

なぜこんなことになってしまったのだろうか、……というより、私があの子供に何をしたというのだ⁉

奴の言う通りの値段で買い取り、市場価格で流しただけじゃないか⁉

「はぁ～」

私がため息をつくと、部下が恐る恐る話しかけてくる。

「あの、部門長。少しお休みになられた方が……最近、休みの日も毎日働いていますし、身体を休めないと体調を崩してしまいます」

そんな部下の悠長《ゆうちょう》な発言に腹の底から怒りがわき上がってくる。

「何を言っているんだ！　下手に休んで、あの少年が商業ギルドに現れたらどうする⁉」

イライラと焦燥《しょうそう》が止まらない。

国に卸すポーションについては、私の私財で補填すれば一度目の納品だけは乗り切れる。しかし二度目は無理だ。

さらに、商業ギルドのギルドマスターからは、市場価格以上のポーションを大量に溜め込んだ責任を追及されている。

部下に怒鳴り声を上げていると、音を立てて部屋の扉が開かれた。

「部門長！　ギルドマスターがお呼びです！」

私は、嫌々ながらもギルドマスター室に赴き、扉をノックし入室する。

「失礼します、ギルドマスター。お呼びでしょうか」

「ああ、そこに座っとくれ」

ギルドマスターに促されソファーに座ると、早速話を切り出された。

「それにしても、ケイマン。大変なことをしてくれたね」

「ポーションの件でしょうか。大変申し訳ございません。まさか市場価格がこんなにも下落するとは思っておらず……」

「いや、そっちの話じゃないよ。ケイマン……今、正直に話せば、軽い刑罰で済むよう取り計らうこともできる。なにか心当たりはないかい？」

ギルドマスターの言葉に、私は冷や汗を流した。

こいつ、どこまで知っている……⁉

書類の偽造は完璧だったはず。国へポーションを卸すこともそれ自体は問題ないはずだ……。

「な、なんのことでしょうか……？」

「そうかい、残念だよ」

すると、勢いよく扉が開かれ、数人の兵士が部屋に入ってくる。

「ケイマン、お前さんには私文書偽造と業務上横領の嫌疑《けんぎ》がかかっている」

ギルドマスターはそう言うと、私の目の前に証拠となる書類を出してきた。

まずい、まずい、まずい、まずい。あれは、ポーションの売買時に俺が偽造した書類じゃないかぁぁぁぁ！

どうやらタイムリミットはとっくにすぎていたらしい。

「サインの魔力紋を見てみると、全く同じ人がサインをしているみたいだよ。不思議だねぇ、ケイマン。あんたの魔力紋と同じさね。弁解はあるかい？」

俺はうろたえつつも答える。

「いえ、違うんですギルドマスター。これはなにかの……そう！　陰謀《いんぼう》です！　私を貶《おとし》めるための陰謀！　そうに違いない！」

「はぁ……もういい。連れていきな」

ギルドマスターがそう言うと、兵士は私を縛り上げ動けないよう拘束してくる。

「ち、違うんです！　これは何かの間違い！　陰謀です！」

「ああ、言い忘れたが、お前さんが王国と結んだ契約は解除させてもらったよ。勝手にギルドマスターの印鑑を使いおって、王国からは詐欺罪が適用されるそうだよ。罪を償ってくるんだね」

なっ、なぜ俺が……そんなっ⁉　ふっ、ふざけるなぁぁぁ！

兵士が口に猿轡《さるぐつわ》を付けたせいで喋ることもできない。

怒りのあまり、頭が沸騰《ふっとう》し身体が震えるが、拘束されて動くこともできない。

そして、私は牢獄に入れられた。

どうやら社会というのは思っていたより厳しいところらしい。

ここに入って初めてわかった。

権力を手に入れ、振りかざし、甘い汁をすすっていたとしても、いつか終わりはやってくる。

社会に背くようなことをすれば、なおさらだ。

どうやら私はいつの間にか道を踏み外してしまっていたらしい……。

最初は、出来心だった。

部門長になって少し経った頃、契約書のサインを書いてもらうのを忘れてしまい、自分でサインを偽造することにした。少しの間、いつかバレるんじゃないかとビクビクしていたが、一向にバレる気配はない。

そして私は気付いてしまう。決裁権限を持つ私が書類を偽造すれば、『実際の仕入値』と『書類に書かれた仕入値』の差額を自分の懐に収めることができてしまうことに……。

続けていくと、まるで錬金術《れんきんじゅつ》でも行っているかのように錯覚してくる。

商業ギルドにポーションを卸しに来る人間が金に見えてくるのだ。

そうすると、こんな給料で働いているのが馬鹿らしくなってくる。なにせ、一度書類を偽造すれば、すぐにそれ以上の金が手に入るのだ。

そこからは、やめることができなくなっていた。

横領や私文書偽造の果てにあるものは身の破滅だったのだ。

私は牢の壁を見つめながら、強く後悔するのだった。

18　騒動の終わりと新たな目的

俺がポーションを卸しに『私の商会』に赴くと、マスカットさんが待ち受けていた。

「悠斗君、ようやくきたか。待ちくたびれたぞ。早速で悪いが、ポーションを卸したら私の部屋まで来てくれ」

俺は、ポーションと瓶を店員さんに渡すと、マスカットさんのいる部屋まで案内してもらう。

促されソファーに座ると、話を切り出してきた。

「もう商業ギルドに行っても問題ないぞ。職員が兵士に逮捕されたそうだ。今頃牢獄の中だろう」

えっ？　逮捕されたの!?　あの職員さんが？

俺が目を丸くすると、マスカットさんが首を傾げた。

「なんだ、知らなかったのか？　結構あくどいことをやっていたそうでな。私文書偽造や横領、詐欺で捕まったらしい」

そうだったんだ、そんなことになっているとは全然知らなかった。

「ああ、あとそろそろ、『私の宿屋』の無料滞在期間が切れる頃だろ。ポーションで儲けさせてもらっているし、もう一ヶ月無料期間を延長させてもらおうと思ってな。どうだ？」

願ってもない申し出だ。

「いいんですか？　ありがとうございます！」

「いやいや、礼を言うのはこちらの方さ。まあ、用件はそれだけだ。ポーションも定価に戻りつつあるし、週三回も『私の商会』に卸しに来なくても大丈夫だぞ」

「わかりました。それでは週に最低でも一回は卸しに来ようと思います」

「ああ、助かる。もしこの国を離れるようなことがあれば言ってくれ。ポーションはどの国の『私の商会』にでも卸せるようにしておく」

「重ね重ね、ありがとうございます」

俺はお礼を言いつつ、ふとした考えが頭を過《よぎ》る。

冒険者ギルドには、未だに俺を捜す見張りがいてうかつに素材を卸すことができない。

しかし、『私のグループ』の会頭であるマスカットさんにならどうだろうか？

「アラブ・マスカット会頭、折り入って話があります」

「うん？　なんだ急にあらたまって……」

「例えば、『私のグループ』では、モンスターの素材や鉱物《こうぶつ》、冒険者ギルドで扱っているようなモノの売買などは行っていますか？」

「もちろんだ。この『私の商会』でも取り扱っている。他にも『私の武器屋』や『私の防具屋』などでも、モンスター素材や鉱石の買取を行っているぞ」

『私の武器屋』に『私の防具屋』か……どうやらマスカットさんは手広く商売をしているらしい。

「ここから先の話は、あまり多くの人に聞かせることができない内容となります。しかし、乗ってもらえれば確実に大儲けできる話なのですが……人払いをお願いできますか？」

「ふむ、わかった」

マスカットさんが手を叩くと、店員や執事っぽい格好をした人達が扉から出ていく。

念のため『影探知《サーチ》』で確認しても、この部屋の周辺に聞き耳を立てている人はいないようだ。

「これでいいかな？」

「はい、ありがとうございます」

「して、確実に大儲けできる話とはなんだ？」

マスカットさんが年甲斐もなくワクワクした表情でこちらに視線を向けてくる。

俺は『影魔法』を発動させると、マスカットさんと俺の横に影の入り口を出現させる。

「話はこの中でしましょう。実際に、見てもらいたいものもあります」

「そうか、これが君のユニークスキルか。これは……中に入ることができるのか？」

「はい、この通りです」

先に一度影に入り安全なことを証明すると、マスカットさんの手を取り、一緒に影の中に入る。

「これから、どんなものを見ても驚かないでください」

広い倉庫をイメージして影を操ると、そこに収納指輪からマデイラ大迷宮やマデイラ近辺の森で狩ったモンスターを並べていく。

マスカットさんは口をパクパクしながらこちらを見ているが、気にしないことにした。

「実は、冒険者ギルドの素材買取カウンターに持っていったのですが、量が多すぎると言われてしまいまして……この素材、買い取ってもらえませんか？　もちろん、買い取れるだけでいいんですが……」

すると、マスカットさんがクツクツと笑い出した。

「いや失礼、これは凄いな。素材も綺麗で美しい。何よりモンスターに傷一つ付いていないじゃないか。しかも、まだ温かい。まるで狩ってすぐの素材のように感じる……それにこれだけじゃないだろう。その収納指輪の中には、まだまだモンスターの素材が入っているんじゃないか？」

「はい、その通りです」

俺がそう言うと、マスカットさんが考え込む。

まあ、これだけの素材を買い取ってくださいっていうのも難しいか。

「わかった。すべて買い取ろう。とはいえ、何回かに分けて納めてほしい」

「えっ！　いいんですか？　ぜひお願いします」

「それにしても……じゃあやはり君か？　マデイラ大迷宮を踏破したのは？」

やっぱり聞いてくるか。まあ、答えることでトラブルが起きても逃げればいいだけだし……。

「はい、信じてもらえないかもしれませんが、その通りです。できれば、このことは他言無用でお願いします。知られたら、国を出なきゃならなくなるので……」

「ふふっ、私の目に狂いはなかったということだな。わかった。口外しないことを約束しよう」

「ありがとうございます」

「とりあえず、その収納指輪に素材をしまってくれないか？　鮮度が落ちるのは忍びないのでな」

マスカットさんに言われた通り、俺は収納指輪にモンスターを収納すると、影の中から出ることにした。

「ふぅ、なかなかいい経験をさせてもらった。とりあえず、明日で構わん。『私の商会』の倉庫に素材を持ってきてくれ。私が立ち合おう」

「わかりました」

「ああ、忘れていた。悠斗君、君の商業ギルドのランクをCランクに上げておく。後程商業ギルドに赴くように」

えっ、どういうこと？

不思議そうにしている俺に、マスカットさんが説明してくれる。

「ああ、悠斗君には言っていなかったな。私はSランク商人にして、商人連合国アキンドの評議員の一人でもあるんだ。君のランクくらい簡単に上げることができる。まあ、実績もあることだしな」

どうやらマスカットさんは、俺が思っていた以上に偉い立場の人のようだ。

評議員って八人しかいないんだよな？

「あ、ありがとうございます」

「うむ。今後ともよろしく頼むぞ」

満足げなマスカットさんに見送られ、『私の商会』を後にした俺は、マスカットさんに言われた通り、商業ギルドに向かいランク更新手続きをすることにした。

俺が受付に並んでいると、ドスドスと大きな音を立てて、騎士が列に割り込んできた。

それに共鳴するかのように、精霊のペンダントが震え出し、頭の中に響くような声が聞こえてくる。

『悠斗……あれアゾレス王国の騎士……冒険者ギルドで、悠斗見つからない……商業ギルドにも騎士置くよう交渉……』

なるほど、どうやら数週間経っても俺が見つからないため、範囲を広げて商業ギルドでも見張りを付けるよう交渉をしにきたようだ。

「列に割り込んですまない。私はアゾレス王国第四騎士団の団長キリバスだ。ギルドマスターを呼んでくれないか」

「はっ、はい！　かしこまりました」

受付の女性が慌ててギルドマスターを呼びに行く。

ここにいると、厄介なことになりそうだな。ランク更新手続きはまた今度にするか……。

そう思い、列を離れようとすると、精霊のペンダントが震えだす。

『ダメ……列、離れない方がいい……』

どうやら、列を離れると厄介なことに巻き込まれるようだ。まぁ、ここで露骨に立ち去ったらいかにも怪しいか。

仕方がない……。

俺は列を離れるのをやめ、そのまま列に並んで大人しくする。

しばらくすると、二階から、初老の女性が降りてきた。

「なんだい、なんだい！　なんの用だい!?」

ずいぶんと元気な女性のようだ。

「今日は折り入って相談したいことがある」

「はっ、相談？　いやだねっ！　おおかた、冒険者ギルドでやっているような人攫《ひとさら》いを商業ギルド《ここ》でもさせろっていうんだろっ！」

「なっ！　私達は人攫いなどしていない！　参考人として協力してもらっているだけだっ！」

「へぇ！　わたしゃ見たことがあるけど、問答無用で城に連れていくのが、お前さんの言う協力ってことなのかい⁉」

「――っ！　いや、しかし、それがギニア宰相の指示なのだ、仕方あるまい！」

どうやらギニア宰相という人が、俺を城に連れてくるよう指示しているらしい。

「そんなことは関係ないね。話すことはないよ。さっさと出ていきなっ！」

「くっ！　アゾレス王国に楯突《たてつ》いて……後悔するぞっ！」

キリバスはそう捨てゼリフを吐くと商業ギルドの扉を荒々しく開けて出ていった。

ギルドマスターは「ふんっ！」と鼻を鳴らし、二階へ帰っていく。

嵐のような人だった。

そんなことを思っていると、自分の番が回ってきた。

無事ランク更新手続きを終え、Cランクの商業ギルドカードを収納指輪にしまう。

それにしても、俺を捜す騎士団の人達も形振《なりふ》り構ってはいられなくなってきたようだ。

今の話を聞く限り、相当強引に城に連れていかれてしまうらしい……。

これは、そのうち門からの出入りにも規制がかかるかもしれないな。

せっかく商業ギルドまできたし、久々に冒険者ギルドに行って、アゾレス王国の迷宮二つについて聞いて帰るか。

俺は、隣に建っている冒険者ギルドに足を運ぶ。

扉を開け中に入ると、以前は冒険者で溢れていた冒険者ギルドはガラガラになっていた。

どうやら、あの騎士達が参考人という名の強制連行をかましたことで、冒険者が寄り付かなくなってしまったようだ。

今も、黒髪の冒険者が騎士に囲まれ、ギルドから連れ出されようとしている。

そんな騎士に気付かれないように、受付でアゾレス王国の管理する迷宮二つの情報を聞き、十階層までの地図を購入した俺は、冒険者ギルドを後にする。

受付で聞いたアゾレス王国の保有する迷宮は次の通りである。

迷宮名：アンドラ迷宮
踏破階数／現在階層数：二十九階層／六十階層
説明：アゾレス王国の東門から出て、左手すぐにある、建築物型塔タイプの迷宮。
現状：三十階層のボス、コカトリスを倒せず停滞中。

迷宮名：ボスニア迷宮
踏破階数／現在階層数：十九階層／五十階層

説明：アゾレス王国の東門から出て、右手すぐにある、洞窟型迷宮。
現状：アンデッドモンスターの巣窟《そうくつ》、二十階層のボスを倒せず停滞中。
冒険者に人気がなく、あまり出入りがないようだ。

ボスニア迷宮の方は、俺の苦手なアンデッドモンスターが多いのか……。

アンデッドはコアである魔石を壊すか、浄化するしか倒す方法がないため、得るものが何もなく冒険者には人気がないらしい。

もちろん俺も、こちらの迷宮に行く予定はない。

ふと、街の外に見える巨大な塔型の迷宮、アンドラ迷宮に視線を向ける。

そして、塔に向かって手を翳すと、これまでのことを思い返す。

「俺、つい最近までは、日本にいたんだよな……」

この世界に来てから一ヶ月半以上が経った。

まさか小説や漫画でしか読んだことのないような体験をするとは思いもしなかった。

カツアゲをされたかと思えば、不良二人組とこの世界に呼び出され、ハードな訓練を受けさせられたり、囮にされたりと最初は大変だった。

けど、カマエルさんやロキさんに助けてもらってここまでやってくることができた。

もう既に二つの王国に目を付けられてしまったみたいだけど、これから先もカマエルさん達がいればきっと何とかなるはずだ。

レベルも上がってスキルも使いこなせるようになって、迷宮攻略も楽しくなってきた。

俺は街の外にそびえ立つアンドラ迷宮を改めて見据えると、迷宮に向けて歩き出したのだった。

転異世界のアウトサイダー　～神達が仲間なので、最強です～

キャラクターデザイン&設定集

幼く
見られがち
空色、
大きすぎず
冒険者っぽく
やや地味めに

佐藤悠斗《さとうゆうと》

手先が器用で、
モノ作りが得意

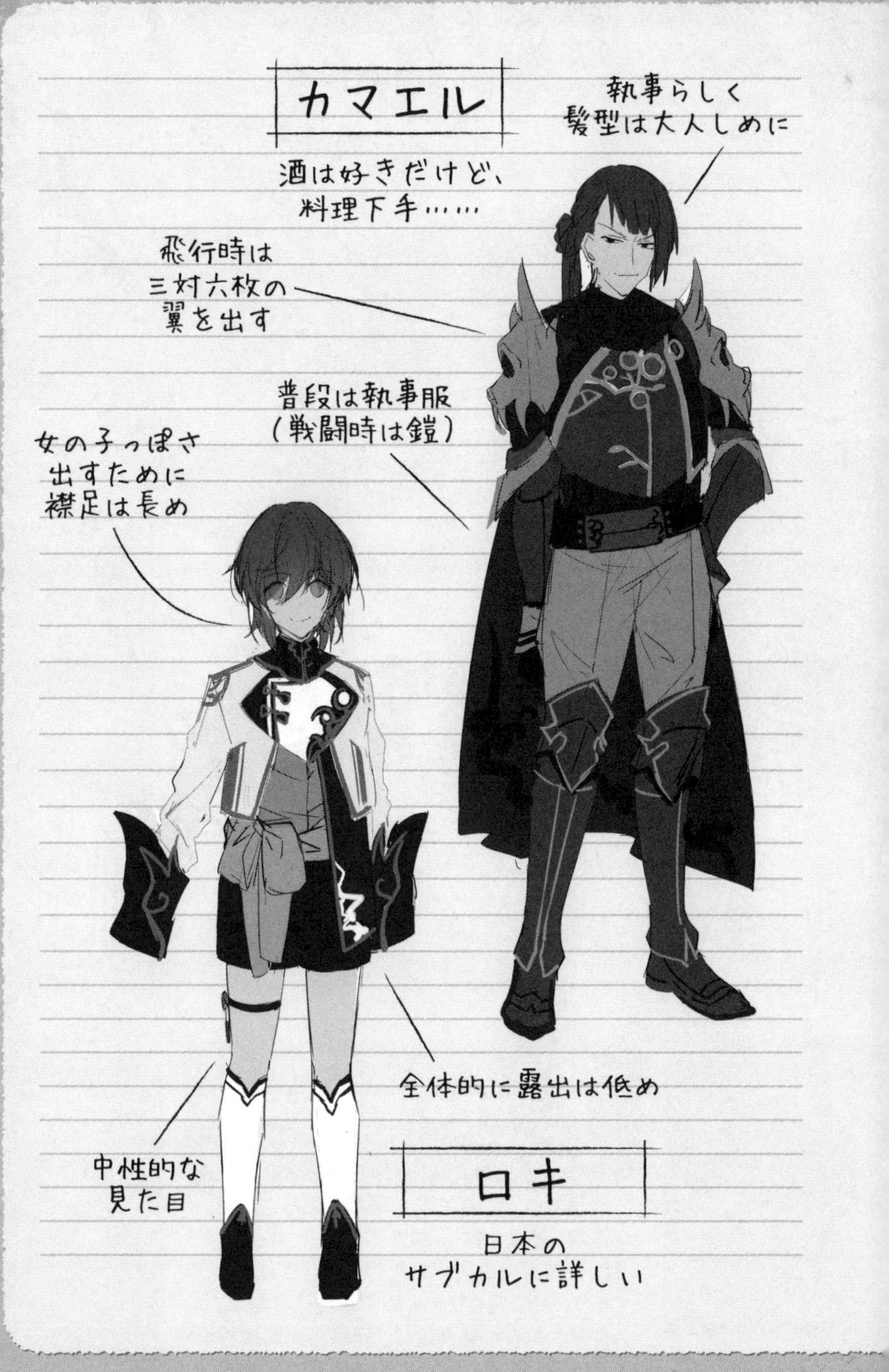
カマエル
執事らしく
髪型は大人しめに
酒は好きだけど、
料理下手……
飛行時は
三対六枚の
翼を出す
普段は執事服
（戦闘時は鎧）
女の子っぽさ
出すために
襟足は長め
全体的に露出は低め
中性的な
見た目
ロキ
日本の
サブカルに詳しい

異世界生活大満喫ファンタジー、待望の書籍化！

日本人の少年は命を落とし、異世界で貴族の次男ゼルート・ゲインルートとして転生する。前世の記憶を保持する彼は、将来は家を出て、気ままな冒険者になろうと考えていた。冒険者になれるのは12歳から。そこでゼルートは、それまでの間に可能な限りレベルとスキルを上げることを決意する。強くなればなるだけ、この異世界での冒険者生活を自由に楽しく満喫できるはずだからだ。しかもその助けになるかのように、転生の際に、神様から様々なチートスキルを貰っており——

●ISBN 978-4-434-28660-5　●定価：1320円（10％税込）　●Illustration：みことあけみ

●ISBN 978-4-434-28658-2 ●定価:1320円(10%税込) ●Illustration:ふらすこ

この作品に対する皆様のご意見・ご感想をお待ちしております。

おハガキ・お手紙は以下の宛先にお送りください。

【宛先】

〒150-6008 東京都渋谷区恵比寿4-20-3 恵比寿ｶﾞｰﾃﾞﾝﾌﾟﾚｲｽﾀﾜｰ 8F
（株）アルファポリス　書籍感想係

メールフォームでのご意見・ご感想は右のＱＲコードから、
あるいは以下のワードで検索をかけてください。

アルファポリス　書籍の感想　検索

ご感想はこちらから

本書はWebサイト「アルファポリス」（https://www.alphapolis.co.jp/）に投稿されたものを、改題・改稿のうえ、書籍化したものです。

転異世界のアウトサイダー～神達が仲間なので、最強です～

びーぜろ

2021年 4月 30日初版発行

編集－小島正寛・村上達哉・宮坂剛
編集長－太田鉄平
発行者－梶本雄介
発行所－株式会社アルファポリス
〒150-6008 東京都渋谷区恵比寿4-20-3 恵比寿ｶﾞｰﾃﾞﾝﾌﾟﾚｲｽﾀﾜｰ8F
TEL 03-6277-1601（営業）　03-6277-1602（編集）
URL https://www.alphapolis.co.jp/
発売元－株式会社星雲社（共同出版社・流通責任出版社）
〒112-0005東京都文京区水道1-3-30
TEL 03-3868-3275
装丁・本文イラスト－YuzuKi（https://yuzuyu7cat.tumblr.com/）
装丁デザイン－AFTERGLOW
印刷－中央精版印刷株式会社

価格はカバーに表示されてあります。

落丁乱丁の場合はアルファポリスまでご連絡ください。

送料は小社負担でお取り替えします。


ISBN978-4-434-28783-1 C0093